Linda Chapman

Stardust

Der Zauberschwur

Aus dem Englischen von Julia Walther

Illustrationen von Kirsten Straßmann

KOSMOS

Für Jasmine Ivory, die mich zu Lucy inspiriert hat.

Umschlaggestaltung von Atelier Reichert, Stuttgart,
unter Verwendung einer Illustration von Mel Grant.
Innenillustrationen von Kirsten Straßmann, Recklinghausen.
Aus dem Englischen übersetzt von Julia Walther.

Titel der englischen Originalausgabe:
Stardust – Magic in the Air
Published by the Penguin Group, Puffin Books, London 2005

„Der Zauberschwur" ist der 3. Band der Reihe
„Stardust", siehe auch S. 129

ISBN 978-3-440-10654-9

Redaktion: Julia Röhlig
Grundlayout: Ralf Paucke
Produktion & Satz: DOPPELPUNKT Auch & Grätzbach GbR, Stuttgart
Printed in the Czech Republic / Imprimé en République tchèque

1

Raschelnd fuhr der Nachtwind durch die Blätter der umstehenden Bäume. Lucy atmete tief ein – dies war der Moment, auf den sie so lange gewartet hatte. Der Moment, in dem sie endlich ihre höhere Sternenstaub-Magie zum ersten Mal anwenden durfte. Aufgeregt strich sie sich ihr langes, kastanienbraunes Haar hinter die Ohren. Bitte, bitte, lass es mich können, dachte sie.

Schon verrückt, vor ein paar Monaten hätte sie sich nachts ganz allein mitten im Wald zu Tode gefürchtet. Doch das war, bevor sie herausgefunden hatte, dass sie eine Sternenstaub-Elfe war. Sternenstaub-Elfen lebten tagsüber als ganz normale Menschen, doch nachts konnten sie sich mit magischen Zauberworten in Sternenstaub-Wesen verwandeln. Dann flogen sie in die Wälder, um Pflanzen und Tiere zu schützen. Sie kümmerten sich zum Beispiel um Probleme, die rücksichtslose Menschen in der Natur verursachten. Lucy liebte es, eine Sternenstaub-Elfe zu sein. Es war toll, sich jede Nacht mit ihren Freundinnen im Wald zu treffen. Es war toll, fliegen zu können, und es war toll, dass die Tiere keine Angst vor ihnen hatten. Doch am allerbesten war es, zaubern zu können!

Es gab vier verschiedene Arten von Sternenstaub-Elfen. Als Sommerelfe konnte Lucy mit ihrer Magie Dinge erwärmen und Feuer entfachen. Sie konnte außerdem ein unsichtbares Schutzschild herbeizaubern und damit Personen oder Sachen vor Verletzungen schützen. Aber das war höhere Magie, eine besonders schwierige Form des Zauberns, und Lucy lernte gerade erst, sie zu benutzen. Rebecca, eine erwachsene Sommerelfe, gab ihr Unterricht. Und Rebecca hatte ihr versprochen, dass sie heute Nacht das erste Mal versuchen durfte, ein Schutzschild herbeizuzaubern.

Lucy sah sich auf der Lichtung um. Hoffentlich kam Rebecca bald. Über ihr glitzerten hell die

Sterne und die Luft fühlte sich an, als würde sie vor Magie nur so knistern. Im Gras vor Lucy lag ein vertrockneter Zweig. Ich kann ja meine normale Sommer-Magie üben, während ich warte, dachte sich Lucy. Ich könnte ein kleines Feuer anzünden.

Die Idee gefiel ihr. Sie wusste zwar, dass sie vorsichtig sein musste, wenn sie im Wald ein Feuer entfachte. Aber Zaubern machte so viel Spaß, dass Lucy einfach nicht widerstehen konnte.

Wird schon klappen, beschloss sie. Es würde nichts schiefgehen. Sie zeigte auf den Zweig und flüsterte: *„Feuer, komm herbei!“*

Energie schoss durch ihre Arme und zu den Fingerspitzen hinaus. Der Ast ging in Flammen auf.

Einen Moment lang staunte Lucy, wie einfach es gewesen war. Doch sie wusste, dass sie sich weiter auf das Feuer konzentrieren musste. Sonst geriet es schnell außer Kontrolle. Fest richtete sie den Blick auf die Flammen und setzte die Kraft ihrer Gedanken ein. Das Feuer wurde kleiner und kleiner und erlosch schließlich. Übrig blieb nur ein verbrannter Rest Holz auf dem Waldboden.

„Gut gemacht."

Lucy fuhr herum. Am Rand der Lichtung stand Rebecca, deren wunderschönes goldenes Kleid im Sternenlicht glitzerte. „Du hast das Feuer sehr gut unter Kontrolle gehabt", lobte sie.

Lucy strahlte vor Stolz. „Danke."

Rebecca kam zu ihr herüber. „Es ist ungewöhnlich, dass eine so junge Sternenstaub-Elfe wie du schon Feuer entfachen kann, Lucy. Die meisten können lediglich Dinge erwärmen. Ich hoffe, dass dir die höhere Magie genauso leichtfällt. Bist du bereit, es mit einem Schutzschild zu versuchen?"

„Oh ja, bitte!“, meinte Lucy eifrig.

„Weißt du noch, was du tun musst?“

„Ich muss die Augen schließen und mir ganz genau jene Sterne am Nachthimmel vorstellen, die einen Löwen darstellen“, antwortete Lucy. „Das Sternbild des Löwen.“

Rebecca nickte. „Und warum musst du dir den Löwen vorstellen?“

„Weil Regulus, der Königliche Sommerstern, ein Teil des Löwen ist. Meine Magie kommt von Regulus, weil ich eine Sommerelfe bin, genau wie du“, kam Lucys prompte Antwort.

„Richtig.“ Rebecca sah sehr zufrieden aus. Sie hob ein Blatt vom Boden auf. „Jetzt stell dir vor deinem inneren Auge den Löwen vor. Wenn du's richtig machst, solltest du fühlen, wie die Energie von Regulus dich erfüllt. Sag ‚*Schutzschild, komm herbei*', öffne deine Augen und konzentrier dich auf dieses Blatt. Wenn der magische Schild wirkt, dann kann ich diesem Blatt nichts antun. Du musst jeden einzelnen Stern des Sternbilds in Gedanken sehen, sonst funktioniert der Zauber nicht.“

Lucy schloss die Augen und stellte sich das Sternbild vor. Sie begann mit den sechs Sternen, die fast wie ein Fragezeichen aussahen. Das war der Kopf des Löwen, seine Mähne und die Schultern.

In ihren Armen kribbelte es. Es funktioniert, dachte sie aufgeregt, als sie die magische Energie fühlte. Ob ihre Freundinnen wohl auch ihre höhere Magie hinbekommen würden? Alexa war bestimmt klasse darin. Alexa war in allem immer richtig gut …

„Lucy, konzentrier dich“, unterbrach Rebeccas leise Stimme ihre Gedanken.

Erschrocken merkte Lucy, dass das Kribbeln verschwunden war.

„Du musst alles andere aus deinem Kopf verbannen“, wies Rebecca sie an. „Denk an nichts als den Löwen.“

Lucy nickte und versuchte es noch einmal. Einer nach dem anderen tauchten die Sterne vor ihrem inneren Auge auf. Der Kopf, die Mähne, Vorderbein, Hinterbeine, Schwanz ...

Eine Welle der Magie überrollte Lucy. Sie war so stark, dass Lucy nach Luft schnappte.

„*Schutzschild, komm herbei!*“, rief sie und deutete auf das Blatt in Rebeccas Hand.

Rebecca versuchte, das Blatt zusammenzuknüllen. Doch sobald sie es losließ, sprang es wieder in seine ursprüngliche Form zurück.

Lucys Blut fühlte sich an, als würde es kochen, aber das war ihr egal. Ihr Körper schien vor Energie zu glühen. Sie fühlte sich stark, unaufhaltbar – als könnte sie alles tun, was sie wollte.

Nun versuchte Rebecca, das Blatt zu zerreißen, doch es dehnte sich bloß zwischen ihren Fingern. Dann warf sie es auf den Boden und trampelte darauf herum. Das Blatt blieb unversehrt.

Ein Lächeln breitete sich auf Rebeccas Gesicht aus. „Ausgezeichnet, Lucy. Und jetzt lass die Kraft wieder los.“

Lucy zögerte. Die Energie pulste durch sie hindurch. Sie wollte nicht loslassen. Sie wollte sie festhalten. Sie stärker werden lassen …

„Lucy?“ Rebecca runzelte die Stirn. „Lucy“, befahl sie dann, „lass die Kraft wieder weichen!“

Mit einem Seufzer ließ Lucy das Bild der Sterne in ihren Gedanken verblassen. Das Kribbeln hörte auf. Lucy blinzelte. Sie fühlte sich schwindelig und ein bisschen benommen. So als würde sie gleich anfangen zu kichern. „Wow!“, staunte sie und ihre graugrünen Augen leuchteten. „Das … das war fantastisch!“

„Du hast einen ausgesprochen starken Schutzschild herbeigezaubert.“ Rebeccas Stimme klang ein wenig komisch, fast so, als sei sie besorgt.

„Das gleich beim ersten Versuch zu schaffen, ist sehr selten."

„Es hat sich so toll angefühlt!", strahlte Lucy.

„Du wirst mal eine sehr mächtige Sternenstaub-Elfe sein, Lucy", sagte Rebecca zögernd.

Lucy lächelte sie an. Sie *wollte* mächtig sein. Sie wollte die mächtigste Sternenstaub-Elfe sein, die es je gegeben hatte. Magie war einfach unglaublich! „Kann ich es noch mal versuchen?"

Zu ihrer großen Enttäuschung schüttelte Rebecca den Kopf. „Ein anderes Mal. Warum wartest du nicht einfach, bis deine Freundinnen auch mit dem Unterricht fertig sind? Ich bin sicher, das dauert nicht mehr lange."

Lucy nickte und verabschiedete sich von Rebecca. Dann flog sie zu der anderen Lichtung, wo ihre beste Freundin Alexa mit ihrer Mutter Xanthe übte. Alexa war die einzige ihrer Freundinnen, die von einer Sternenstaub-Elfe abstammte. Alexa und Xanthe hatten Lucy damals die Sache mit dem Sternenstaub erklärt – am Tag, als die beiden in das Cottage neben Lucy eingezogen waren.

Jetzt, wo sie sich nicht mehr auf ihre höhere Magie konzentrieren musste, überlegte Lucy wieder, wie es Alexa wohl erging. Sie wusste, dass Alexa eine andere Form der Magie übte, denn Alexa war eine Herbstelfe. Es gab Frühlings-, Sommer-, Herbst- und Winterelfen und jede hatte besondere magische Kräfte. Als Herbstelfe konnte Alexa die Sorgen in den Herzen der Menschen erkennen. Besonders mächtige Herbstelfen konnten sogar Gedanken lesen.

Doch als Lucy bei der Lichtung ankam, erblickte sie eine mürrische Alexa. „Es ist aber so langweilig!", motzte sie gerade ihre Mutter an. „Ich will mich nicht darauf konzentrieren, mir den Skorpion vorzustellen."

„Aber das musst du, wenn du deine höhere Magie benutzen willst", beharrte Xanthe.

Alexa jedoch hatte Lucy entdeckt. „Können wir jetzt aufhören, Xanthe?" Sie nannte ihre Mutter immer beim Vornamen, was Lucy anfangs ziemlich komisch gefunden hatte. Inzwischen hatte sie sich aber längst daran gewöhnt.

„Na gut“, seufzte Xanthe. „Ab mit dir.“

Alexa flog hinauf in den Himmel zu Lucy. „Bin ich froh, dass die Stunde vorbei ist. Ich habe mich ja *so was* von gelangweilt!“

„Gelangweilt?“ Fassungslos sah Lucy ihre beste Freundin an. „Mir macht es total Spaß, meine höhere Magie anzuwenden.“

„Wie bitte? Die Augen zumachen und dir ein Sternbild vorstellen?“ Alexa wirbelte in der Luft herum, so dass ihre blonden Locken wie ein Heiligenschein um sie herumflogen. „Fliegen ist tausend Mal besser. Komm, spielen wir Fangen.“ Sie berührte Lucys Arm. „Du bist dran!“

Fangen machte wirklich viel Spaß, vor allem wenn man fliegen konnte! Lucy jagte Alexa hinterher.

Doch die tauchte unter Lucys ausgestreckter Hand weg. „Hat denn *deine* höhere Magie funktioniert?“, rief sie.

„Ja.“ Lucy nahm die Verfolgung wieder auf. „Ich habe einen magischen Schutzschild herbeigezaubert und damit ein Blatt geschützt. Es war ein unglaubliches Gefühl. Hat es denn bei dir nicht geklappt?"

„Nein", antwortete Alexa. „Aber ich bin sicher, Mara und Eve haben es auch nicht geschafft."

Alexa wurde langsamer. Das war Lucys Chance. „Hab dich! Du bist dran!"

Als sie nach unten schoss, entdeckte Lucy ihre beiden anderen Freundinnen, Eve und Mara, die gerade bei der Lichtung ankamen. „Hallo!", rief sie und flog hinüber.

„Das war toll!" Maras braune Augen strahlten und ihr schwarzer Pferdeschwanz hüpfte.

„Habt ihr eure höheren Kräfte benutzt?", fragte Lucy aufgeregt.

„Ja, ich habe einen Baumstamm als Grashügel getarnt." Als Frühlingselfe konnte Mara mit ihrer Magie Dinge tarnen.

„Und ich habe einen Kratzer auf Samanthas Arm geheilt", berichtete Eve. Sie war kleiner als Mara, mit kurzen, blonden Haaren. Als Winterelfe hatte sie magische Heilkräfte. „Habt ihr beiden eure höhere Magie auch hinbekommen?"

„Ja, hab ich", antwortete Lucy.

„Und bei dir hat's auch geklappt?" Neugierig sah Mara Alexa an.

„Nö." Alexa zuckte nur mit den Schultern. „Aber bloß weil es mir zu langweilig geworden ist. Ich musste mir immer und immer wieder das Sternbild vorstellen. Morgen benutze ich meine Magie auch."

Mara machte ein ernstes Gesicht. „Also Alexa, das ist gar nicht so einfach. Ich habe neun Versuche gebraucht, bis es geklappt hat. Es war echt schwer und dein Sternbild ist schwierig zu merken. Zum Skorpion gehören so viele Sterne."

„Aber ich bin sicher, du kriegst das hin", sagte Eve schnell, als Alexa die Stirn in Falten legte. „Du bist so gut im Zaubern."

Alexas Miene hellte sich wieder auf. „Klar, wird schon klappen", meinte sie überzeugt. Ihre blauen Augen funkelten. „Und was machen wir jetzt? Wie wäre es mit einem Wettfliegen zu dieser großen Buche in der Nähe vom Haselnusswäldchen?"

„Wir sollten lieber fragen, worum wir uns heute kümmern sollen.“ Mara war wie immer die Vernünftige. Jede Nacht gaben die älteren Sternenstaub-Elfen den Mädchen Aufgaben im Wald. Mit ihren neun Jahren waren Lucy und ihre Freundinnen die jüngsten Sternenstaub-Elfen.

„Wir können uns doch später erkundigen“, meinte Alexa. „Lasst uns lieber um die Wette fliegen.“

„Wir sollten aber wirklich –“, setzte Mara an.

„Wetten, dass ich die Schnellste bin!“, unterbrach Alexa sie und schoss davon.

Lucy zögerte einen Moment, bevor sie die Verfolgung aufnahm.

Zusammen flogen sie durch die Bäume. Der Wind fuhr Lucy ins Gesicht. Sie würde die Buche als erste erreichen! In der Ferne tauchte der majestätische Baum auf. Lucy streckte bereits die Hand aus, doch Alexa überholte sie und schlug ab.

„Erste!“, japste sie.

„Aber nur ganz knapp!“ Auch Lucy war außer Puste. Sie grinsten sich an.

Dann kamen auch schon Mara und Eve angeflogen. Mara wirkte ziemlich sauer. Eve legte noch einen Zahn zu und erreichte den Baumstamm kurz vor ihr.

„Erste, Zweite, Dritte“, zählte Alexa auf und wies dabei auf sich, dann Lucy, dann Eve. „Und Letzte.“ Grinsend zeigte sie auf Mara.

Mara runzelte die Stirn. „Du hattest einen Vorsprung. Und außerdem finde ich wirklich, dass wir besser zu deiner Mutter geflogen wären und gefragt hätten, was wir tun sollen.“

Alexa sah sie auffordernd an: „Du hast ja bloß schlechte Laune, weil du verloren hast.“

„Hab ich nicht." Mara war sauer.

„Hast du doch."

Lucy seufzte. Alexa war offensichtlich mal wieder auf Ärger aus. Das gab garantiert Streit mit Mara, die es hasste, wenn man sie aufzog. Lucy versuchte, die beiden abzulenken. „Und was machen wir jetzt?"

Mara blieb stur. „Ich finde, wir sollten zu den anderen fliegen."

„Langweiler!", verkündete Alexa.

„Warum schauen wir nicht mal nach dem alten Krähennest dort oben?", schlug Eve schnell vor. „Vielleicht nisten ja inzwischen Vögel darin."

Mara schenkte ihr keine Beachtung. „Ich *bin* nicht langweilig!", fuhr sie Alexa an. „Du weißt genau, dass wir nach Aufgaben fragen sollen."

„Na, kommt schon, ihr zwei." Lucy flog zwischen die beiden. „Eves Idee ist wirklich gut. Gehen wir auf die Suche nach Vogeleiern und dann können wir immer noch zu Xanthe fliegen."

„Ja, auf geht's!" Eve flog voraus nach oben in die Baumkrone.

Doch Mara funkelte Alexa immer noch böse an. „Du hältst dich für so toll, was? Aber du hast ja nicht mal deine höhere Magie hinbekommen."

„Hätte ich doch!", fauchte Alexa zurück. „Mir war nur nicht danach."

„Ja, klar!"

„Schluss jetzt!", seufzte Lucy genervt. „Ihr seid ..."

Sie wurde von Eve unterbrochen, die zurückgeflogen kam. „Hey!", rief sie. „Das müsst ihr euch anschauen. Da sitzt ein riesiger Vogel mit gebogenem Schnabel. Sieht aus wie ein Greifvogel."

„Echt?", fragte Alexa.

„Greifvögel sind total selten!", staunte Mara. „Sie gehören zu den bedrohten Tierarten und wir als Sternenstaub-Elfen sollen sie schützen."

Der Streit von eben war sofort vergessen.

„Welche Art von Greifvogel?", wollte Alexa eifrig wissen. „Ist es ein Turmfalke oder ein Habicht?"

„Ich weiß es nicht", antwortete Eve. „Er ist irgendwie grau-weiß und im Nest liegen zwei Eier. Schaut es euch selbst an!"

2

Die vier Mädchen flogen hinauf in die Buche. In einer Astgabel hatten früher einmal Krähen genistet. Das Nest aus trockenen Zweigen war noch da, aber aus der Nähe sahen die vier, dass es inzwischen mit frischen grünen Ästchen ausgebessert worden war.

„Schaut nur!“, staunte Lucy, als sie den Vogel im Nest sitzen sah. Es war ein großes Tier mit kleinem Kopf und kugelrundem Körper. Er hatte ein braun-graues Federkleid. Die dunklen Augen waren halb geschlossen und der schmale, gebogene Schnabel ruhte auf der Brust.

„Es ist ein Wespenbussard!“, flüsterte Alexa aufgeregt. „Die sind sehr selten!“ Alexa wusste von ihnen allen am besten über die Tiere und Vögel im Wald Bescheid. „Sie verbringen den Winter in Afrika und kommen im Sommer hierher, um zu

brüten. Ich wette, irgendwo in der Nähe ist noch ein zweiter. Ein Elternpaar bleibt nämlich fürs ganze Leben zusammen."

„Da drüben!", wisperte Mara plötzlich. Sie zeigte zwischen den Zweigen hindurch. Dort hockte ein zweiter Wespenbussard, etwas kleiner als der erste. Er beobachtete sie aufmerksam und ohne zu blinzeln. Wie alle anderen Lebewesen im Wald schien das Tier zu verstehen, dass die Sternenstaub-Elfen keine Bedrohung darstellten. Es gab also keinen Grund, sich vor ihnen zu fürchten.

„Das muss das Weibchen sein“, sagte Lucy. „Es ist kleiner.“

Alexa schüttelte den Kopf. „Bei den Raubvögeln ist meistens das Männchen kleiner.“ Sie schaute Eve an. „Hast du vorhin was von Eiern gesagt?“

„Ja, ich habe zwei gesehen“, antwortete Eve. „Sie waren weiß mit lila-roten Sprenkeln.“

„Das sollten wir gleich Xanthe erzählen“, meinte Alexa. „Sie will bestimmt alles darüber wissen. Dann kann sie dafür sorgen kann, dass dieses Pärchen geschützt wird. Es wäre schrecklich, wenn den Eiern etwas passieren würde.“

Gemeinsam flogen sie zurück zur großen Lichtung. Xanthe war über die Neuigkeiten hocherfreut.

„Ein Wespenbussard-Pärchen! Das ist wunderbar!“, strahlte sie. „Es gibt im ganzen Land momentan nur etwa sechzig Stück. Wir müssen ihre Eier unbedingt schützen. Eine Menge Leute könnte Interesse daran haben, sie zu sammeln und zu verkaufen.“

„Sie zu verkaufen?“, fragte Mara.

„Ja“, meinte Xanthe. „Es gibt einen richtigen Markt für seltene Vogeleier. Sie werden über das Internet gehandelt. Deshalb dürft ihr niemandem von dem Nest erzählen, der keine Sternenstaub-Elfe ist. Wir müssen versuchen, sie zu schützen, bis die Küken geschlüpft sind.“

„Und wann wird das sein?“, erkundigte sich Eve.

„Ziemlich bald, denke ich“, erklärte Xanthe. „Normalerweise sind sie um diese Zeit längst geschlüpft. Also handelt es sich vielleicht um ein zweites Gelege. Wenn diesen Eiern etwas passiert, dann legen die Eltern dieses Jahr keine mehr.“ Sie fuhr sich mit der Hand durch ihr blondes Haar. „Ich muss mit den anderen eine Art Überwachungsplan aufstellen, damit wir das Nest im Auge behalten können.“

„Wir helfen auch mit, oder?“ Lucy sah ihre Freundinnen an. Alle nickten eifrig.

„Wir könnten nachts auf das Nest aufpassen, bis die Jungen geschlüpft sind“, schlug Mara vor.

„Das wäre prima“, freute sich Xanthe. „Wie

ich schon sagte, es dauert bestimmt nicht mehr lang. Und dann besteht keine Gefahr mehr durch Eier sammelnde Menschen. Aber vergesst nicht“, warnte sie, „ihr seid nur da, um aufzupassen. Wenn wirklich Menschen auftauchen, dürft ihr euch auf nichts einlassen. Kommt sofort hierher und gebt mir oder einer der anderen Bescheid.“ Sie sah die vier eindringlich an. „Denkt daran, dass ihr noch nicht genug Erfahrung habt, um eure Magie vor Menschen auszuüben. Sie könnten euch sehen und das wäre katastrophal. Die Welt des Sternenstaubs *muss* geheim bleiben. Habt ihr das verstanden?“

Alle nickten.

„Gut“, lächelte Xanthe. „Dann fliegt doch am besten gleich zum Baum zurück und haltet Wache.“

„In Ordnung“, tönten Lucy und ihre Freundinnen im Chor.

Sie flogen zurück zur alten Buche und ließen sich auf den kräftigen Ästen weiter unten nieder.

„Ist das nicht klasse?“, meinte Mara. „Nur sech-

zig Wespenbussarde im ganzen Land und wir passen auf zwei von ihnen auf!"

Lucy nickte. „Wir werden schon dafür sorgen, dass die Küken in Ruhe schlüpfen können."

Eve erschauderte. „Ich hoffe bloß, dass keine Eierdiebe kommen."

„Und wenn doch, dann holen wir einfach schnell Hilfe", sagte Mara.

„Oder wir kümmern uns selber drum", warf Alexa ein.

Mara runzelte die Stirn. „Das dürfen wir nicht. Du hast doch gehört, was deine Mutter gesagt hat."

„Ach ja?" Alexa grinste schelmisch. „Könnt ihr euch vorstellen, wie viel Spaß es wohl macht, Magie an den Menschen auszuprobieren?"

Mara war fassungslos. „Das wäre nicht richtig."

Alexa seufzte. *„Mara!"*

„Wisst ihr was, ich finde, wir sollten uns Namen für die beiden Vögel ausdenken", warf Lucy schnell ein. „Wie sollen wir sie denn nennen?"

„Wie wäre es mit ‚Maja' für das Weibchen?", schlug Lucy vor. „Wie Biene Maja – das passt zu den Wespenbussarden."

„Genau!", rief Alexa. „Dann heißt das Männchen Willi."

Mara runzelte die Stirn. „Willi?"

Lucy grinste Alexa an. Sie ahnte, worauf ihre Freundin hinauswollte. „Weißt du nicht mehr? Maja und der trottelige Willi?"

„Oh." Mara sah ein bisschen verwirrt aus.

Eve kicherte. „Mir gefällt Willi und Maja. Nennen wir sie doch so!"

„Einverstanden", entschied Alexa. „Und jetzt sollten wir uns überlegen, wie wir mit unseren magischen Kräften die Eier beschützen."

Während die vier Pläne schmiedeten, wie sie die Vögel am besten schützen konnten, verging die Nacht. Bald tauchte Maras Sternbild – das des Stieres – am Horizont auf und es war Zeit, nach Hause zu fliegen.

Sie verabredeten sich für den nächsten Abend wieder an der Buche, bevor sie sich auf den Heim-

weg machten. Als Lucy durch die Nacht flog, betrachtete sie die Sterne. Da waren der Große und der Kleine Wagen und dort Pegasus. Es war wunderbar, ihre Form zu erkennen und die Namen zu wissen. Das hier ist meine Welt, dachte sie glücklich. Sie konnte sich kaum vorstellen, in ein paar Stunden zu Hause in ihrem Bett aufzuwachen – und damit in ihr normales Leben einer Neunjährigen zurückzukehren.

Lucy wurde von der Sonne geweckt, die ihr durchs Fenster direkt ins Gesicht schien. Während sie noch blinzelte, fiel ihr die vergangene Nacht wieder ein. Die Wespenbussarde! Lächelnd stellte sie sich den braun-grauen Vogel auf seinem Nest vor.

Sie sprang aus dem Bett und lief nach unten. In

der Küche traf sie ihren Vater. Lucy hätte ihm so gerne von den Raubvögeln und dem Nest berichtet. Ihr Vater liebte die Natur und erzählte Lucy oft, wie viel Zeit er als Junge im Wald verbracht hatte. Dachse, junge Füchse, Hasen — alles hatte er damals gesehen. Einmal hatte er sogar eine Haselmaus als Haustier. Plötzlich kam Lucy eine Idee. Wenn sie ihm schon nicht von den nistenden Wespenbussarden erzählen durfte, dann konnte sie ihn ja wenigstens nach solchen Vögeln fragen.

„Dad", sagte sie, „hast du schon mal einen Wespenbussard gesehen?"

„Einen Wespenbussard?" Er sah sie neugierig an. „Ja, das hab ich. Als ich ungefähr zehn war, hat mal ein Pärchen draußen im Wald genistet. Damals waren sie noch nicht so selten wie heute, aber trotzdem schon etwas Besonderes. Warum fragst du?"

„Ach, im Fernsehen kam ein Bericht", sagte Lucy schnell. „Sie sehen toll aus."

„Das sind sie auch", stimmte Mr Evans ihr zu. „Vor allem wenn sie fliegen. Ich habe drüben im

Wohnzimmer ein Buch über Raubvögel und ich glaube, da sind ein paar Fotos von fliegenden Wespenbussarden drin. Soll ich es mal für dich suchen?"

„Oh ja, bitte", antwortete Lucy begeistert.

Sie folgte ihm ins Wohnzimmer. Dort saß Rachel in Reitklamotten auf dem Sofa und sah fern. Von den drei Evans-Schwestern war Lucy die jüngste und Rachel die mittlere.

„Hier ist es." Mr Evans nahm ein großes Buch aus dem Regal. „Dann lass uns mal nach den Wespenbussarden schauen." Er blätterte. „Da haben wir sie. Ich wusste doch, dass es gute Fotos sind."

Lucy nahm das Buch. Der Vogel auf dem Bild sah genauso aus wie die beiden von letzter Nacht. Mit stolzem Blick sah das Tier den Betrachter an.

„Das ist bestimmt ein Weibchen", meinte Lucy, der auffiel, wie groß und kompakt der Vogel wirkte.

Ihr Vater nickte. „Da hast du wahrscheinlich Recht. Für ein Männchen ist es zu groß. Greifvögel sind ziemlich ungewöhnlich, denn –"

„— das Weibchen ist normalerweise größer als das Männchen", beendete Lucy seinen Satz.

„Das stimmt. Bravo, Lucy." Ihr Vater schien beeindruckt.

Rachel sah über die Schulter. „Was macht ihr denn da?"

„Lucy wollte ein paar Bilder von den Wespenbussarden sehen", erklärte Mr Evans.

Rachel sah ungläubig drein. „Warum?"

Lucy zuckte mit der Schulter. „Weil es mich eben interessiert.“ Sie wusste, dass Rachel das nicht verstehen würde. Natur war nicht so ihr Ding. Eigentlich interessierte sie sich überhaupt für wenig.

Rachel grinste fies. „Du wirst von Tag zu Tag komischer!“

„Werd ich nicht!“, protestierte Lucy.

„Als Nächstes suchst du dir dann noch so ein richtig bescheuertes Hobby. Wie wär's mit Vögel beobachten?“, zog Rachel sie auf.

Da hatte Mr Evans genug. „Rachel, das reicht jetzt. Es wäre schön, wenn du auch mal etwas Sinnvolles tun würdest, statt immer nur Müll im Fernsehen anzuschauen.“ In diesem Moment klingelte das Telefon. Mr Evans verließ das Zimmer, um ranzugehen. Stattdessen kam Hope, Lucys und Rachels ältere Schwester, herein.

„Los, Rachel. Wir sollten uns auf den Weg zum Stall machen. Wenn wir nicht in fünf Minuten weg sind, kommen wir zu spät.“

„Jetzt mach doch nicht so einen Stress.“ Rachel

stand auf und streckte Lucy die Zunge heraus. „Bis später, Sonderling."

Lucy sah sie böse an. Rachel konnte manchmal so was von nerven!

Als sich die Tür hinter ihren beiden Schwestern schloss, machte Lucy es sich mit dem Buch auf dem Sofa gemütlich. Sie blätterte die Seiten über Wespenbussarde durch. Es gab noch zwei Fotos, wie die Vögel mit ausgebreiteten Schwingen majestätisch über der Landschaft schwebten.

Lucy lächelte in sich hinein und vergaß Rachels gemeine Bemerkungen. Sie wusste, wie sich Fliegen anfühlte. Sie hatte ein geheimes Leben, von dem ihre blöde Schwester nicht mal zu träumen wagte.

Mit dem Finger zeichnete sie die Umrisse der Vögel nach. „Ich werde euch beschützen", flüsterte sie. Sie dachte an die beiden Bussarde im Wald. „Alexa, Mara, Eve und ich. Wir alle."

3

„Ich glaube an Sternenstaub“, murmelte Lucy am offenen Fenster ihres Zimmers. Das Licht der Sterne fiel auf ihr Gesicht und ihre Arme. *„Ich glaube an Sternenstaub. Ich glaube an Sternenstaub!“*

Als sie die letzten Worte ausgesprochen hatte, durchströmte Wärme ihren Körper. Sie schien zu schmelzen, sich aufzulösen …

Im nächsten Augenblick schwebte sie auch schon durchs Fenster hinaus in den Nachthimmel. Ihr Schlafanzug hatte sich in ein goldenes Sternenstaub-Kleid verwandelt. Jeder der vier verschiedenen Sternenstaub-Typen trug eine andere Farbe. Herbstelfen wie Alexa trugen silber, Winterelfen wie Eve hatten blaue Kleider und das der Frühlingselfe Mara war grün. Lucy liebte es, eine Sommerelfe zu sein: Ihr Kleid funkelte und glitzer-

te wie die Sonne. Sie wirbelte durch die Luft und genoss den Wind in ihrem Gesicht. Dann schwebte sie hinunter zum Nachbargrundstück.

Dort wartete schon Alexa. Zusammen machten sie sich auf den Weg zum Wald.

„Fliegen wir direkt zu den Bussarden?“, fragte Lucy.

Alexa nickte. „Ich habe Xanthe versprochen, dass wir gleich als Erstes nach ihnen sehen. Sie meinte, wir sollen uns keine Sorgen machen, falls wir deswegen eine Weile unsere anderen Aufgaben vernachlässigen. Zumindest nicht, bis die Vogelbabys geschlüpft sind. Auf sie aufzupassen, ist wirklich wichtig."

Während sie über die nächtlichen Felder flogen, entdeckte Lucy in der Ferne einen hellen Stern. Er leuchtete so viel heller als alle anderen, es musste einer der Königlichen Sterne sein. Das waren die vier strahlendsten Sterne am Himmel, von denen alle Sternenstaub-Elfen ihre magischen Kräfte hatten. „Ist das Antares?", fragte Lucy.

Alexa folgte ihrem Blick und nickte. Antares war der Stern der Herbstelfen.

Lucy sah ihn sich genauer an. „Und wie passt der in das Sternbild des Skorpions?"

„Also, im Moment kannst du nur einen Teil des Skorpions sehen", erklärte Alexa. „Und zwar den Kopf und den oberen Teil des Körpers. Siehst du diese drei Sterne dort drüben, die eine Linie bilden?" Lucy nickte. „Das ist der Kopf des Skorpions und Antares mit den Sternen direkt daneben stellt den Oberkörper dar. Insgesamt gehören noch zehn weitere Sterne dazu. Wenn das Sternbild höher am Himmel steht, kann man's besser erkennen."

Lucy sah ihre Freundin bewundernd an. „Du weißt echt gut Bescheid. Wieso konntest du's dir dann gestern nicht vorstellen, um deine höhere Magie zu üben?"

Alexa zuckte mit den Schultern. „Mir wurde halt langweilig. Ich habe kein Problem damit, mir das Sternbild vorzustellen. Ich mag nur nicht, wenn ich *muss*."

Lucy nickte. Das klang sehr nach Alexa. Die hasste es, wenn man sie zwang, etwas zu tun. „Versuchst du es heute Nacht noch mal?", fragte Lucy. „Es wäre toll, wenn du auch deine höhere Magie beherrschen würdest."

„Mal sehen." Alexa klang gleichgültig. „Wenn mir danach ist." Sie gab Lucy einen Klaps auf den Arm. „Fang mich!"

Bevor Lucy noch etwas entgegnen konnte, war Alexa schon in Richtung der Bäume davongeschossen.

Flugs nahm Lucy die Verfolgung auf und sie spielten Fangen, bis sie beim Bussard-Baum ankamen.

Mara und Eve waren schon da.

„Hallo!“, schnaufte Lucy außer Atem. Plötzlich fiel ihr auf, dass Mara und Eve recht besorgt aussahen. Ihr Herz machte einen Satz. „Was ist los?“, fragte sie schnell. „Ist den Vögeln etwas passiert?“

„Nein, alles in Ordnung“, antwortete Eve. „Denen geht's gut. Aber auf der Lichtung war was los.“

„Wie, da war was los? Was meinst du damit?“, wollte Alexa wissen.

„Es liegt Müll herum und die Reste eines Lagerfeuers“, antwortete Mara. „Sieht so aus, als sei eine Gruppe Leute dort gewesen. Den Vögeln scheint es gut zu gehen, aber vielleicht haben die Leute sie herumfliegen sehen.“

Lucy und Alexa tauschten besorgte Blicke.

„Schaut es euch selber an“, meinte Mara.

Lucy und Alexa folgten ihr und Eve zwischen den Bäumen hindurch bis zu einer Lichtung am Ende eines Waldweges. Das Gras war niedergetrampelt und in der Mitte prangte ein verbrannter Fleck Erde. Leere Bierdosen und einige Chipstüten lagen herum.

„Das sieht nicht gerade toll aus“, sagte Lucy. „Wir sollten ein bisschen aufräumen.“

„Stimmt, und diese jungen Weißbuchen hier brauchen auch Zuwendung.“ Alexa zeigte auf einige Bäumchen, die teilweise abgeknickt waren. Einige der Zweige hatte man wohl zum Feuermachen verwendet.

Eve sah unglücklich drein. „Was, wenn die Leute die Bussarde gesehen haben?“

„Dann haben sie vermutlich nicht erkannt, dass es seltene Vögel sind“, beruhigte Alexa sie. „Sieht aus, als wäre es eine Gruppe Teenager gewesen. Die treiben sich im Sommer oft nachts im Wald herum.“

„Vielleicht sollten wir besser gleich deiner Mutter davon erzählen“, meinte Mara besorgt.

„Das können wir später immer noch. Lasst uns zuerst hier sauber machen", bestimmte Alexa.

Zusammen sammelten sie den Müll ein. Nur fünf Minuten entfernt gab es einen Waldparkplatz mit Abfalleimer. Dorthin brachten sie die Dosen und Chipstüten. Dann benutzte Mara ihre magischen Zauberkräfte, um die Weißbuchen wiederherzustellen. Als Frühlingselfe konnte sie nämlich Dinge wachsen lassen. Herbstelfen konnten den Wind herbeirufen und Winterelfen konnten es regnen oder schneien lassen.

„Das sieht schon viel besser aus." Zufrieden sah sich Alexa auf der Lichtung um. „Und was machen wir jetzt?"

„Wir könnten ja unsere höhere Magie üben", schlug Mara eifrig vor. „Ich habe mir den ganzen Vormittag Bilder von meinem Sternbild im Internet angeschaut. Mit geschlossenen Augen habe ich versucht, es dann nachzuzeichnen. So lange, bis ich alle Sterne auf Anhieb richtig platzieren konnte. Jetzt will ich unbedingt noch mal versuchen, etwas zu tarnen."

„In Ordnung“, meinte Lucy. „Dann los.“

Mara sah sich um. „Ich werde diesen Brombeerstrauch dort drüben tarnen. Schaut her.“ Sie schloss die Augen. Vor lauter Konzentration legte sie die Stirn in Falten. „*Tarnung, komm herbei*“, flüsterte sie. Dann öffnete sie die Augen wieder und zeigte auf den Busch.

Einen Moment lang schien die Luft um den Strauch herum zu flimmern. Dann war er plötzlich verschwunden. Das heißt, der Busch war wohl immer noch da, aber jetzt sah er aus wie ein Rhododendron. Statt der winzigen unreifen Brombeeren leuchteten dort nun riesige rosafarbene Blüten und statt des matten Laubes strahlten die Blätter in sattem Dunkelgrün.

„Fantastisch!“, rief Eve.

„Ja, echt spitze, Mara!“, stimmte Alexa zu.

Lucy wollte ihren Augen kaum trauen. Sie ging hinüber zum Rhododendronbusch. Die Luft ringsherum schien immer noch ein wenig zu schimmern. Neugierig streckte sie die Hand aus. War es tatsächlich ein Rhododendron? „Autsch!“, quietschte sie, als sie in einen unsichtbaren Brombeerdorn fasste.

„Es ist nicht wirklich ein Rhododendron, Lucy“, sagte Mara. „Es sieht nur so aus. Das ist eine optische Täuschung.“ Sie wedelte mit den Händen. „*Tarnung, hinfort!*“, befahl sie.

Lucy blinzelte. Der Rhododendron war wieder zu einem einfachen Brombeerstrauch geworden. Sie drehte sich zu Mara um. „Das war unglaublich. Du beherrschst deine höhere Magie ja schon richtig gut.“

Mara errötete. Das Lob schien ihr ein bisschen peinlich zu sein, aber es freute sie trotzdem.

„Jetzt bin ich dran“, erklärte Alexa. Sie grinste in die Runde. „Seht euch vor. Ich werde jetzt eure Gedanken lesen.“

„Das kannst du nicht wirklich, oder?", fragte Eve nervös. „Ich dachte, nur wirklich mächtige, erwachsene Sternenstaub-Elfen können Gedanken lesen. Du kannst nicht wirklich sehen, was wir denken, oder, Alexa?"

Alexa lächelte schelmisch. „Man kann nie wissen."

„Mach dir keine Sorgen, Eve", sagte Mara schnell. „Sie bekommt nur eine Ahnung davon, was in unseren Herzen ist. Wovor wir Angst haben oder worauf wir uns freuen. Alexa ist nicht mächtig genug, richtig unsere Gedanken zu lesen. Sie wird nicht genau sehen, was wir denken."

„Wetten, dass doch", sagte Alexa selbstsicher. „Seht euch vor. Ich werde alle Geheimnisse in deinem Kopf sehen, Eve", stichelte sie.

Eve war sichtlich unwohl zumute.

Lucy grinste Alexa an. „Jetzt mach schon."

Alexa schloss die Augen und konzentrierte sich. Sie streckte die Hände aus. „*Gedanken!*", rief sie theatralisch. „*Kommt herbei!*"

Sie öffnete die Augen und sah Eve an. Einige

Sekunden lang lag ein leicht verwirrter Ausdruck auf ihrem Gesicht.

Dann riss Alexa plötzlich die Augen auf. „Das ist es! Eve, du machst dir Sorgen um die Vögel. Du hast Angst, dass die Leute, die hier waren, vielleicht Eierdiebe sind und ... und ... du machst dir Sorgen um den Geburtstag von jemandem."

„Den von meiner Mutter!" Eve konnte es kaum glauben. „Der ist in zwei Tagen und ich habe noch kein Geschenk für sie."

Lucy sah Alexa erstaunt an. „Hast du das wirklich gesehen? Oder denkst du dir das nur aus?"

„Ich hab's wirklich gesehen", rief Alexa. „Ich habe gespürt, wie die Magie durch mich hindurchfließt, und dann hatte ich auf einmal diese Bilder vor Augen. Während ich darüber nachdachte, wurde mir klar, was Eve beschäftigt. Ich sah die Bussarde und eine Gruppe komisch aussehender Leute. Da hab ich begriffen, dass Eve sich Sorgen um die Vögel macht. Und dann hab ich ein Bild von Eves Mum gesehen mit einem Geburtstagskuchen und Eve streckte ihr die leeren Hände hin. Ohne Geschenk."

„Wow", staunte Eve. „Das ist unglaublich!"

„Ja", nickte Mara. „Konntest du noch was anderes sehen?"

„Nein, und die beiden Bilder waren auch ziemlich verschwommen. Ich hatte das Gefühl, dass ich sie nur sehen konnte, weil sie Eve sehr beschäftigen – es ist das, worüber Eve im Moment am meisten nachdenkt", antwortete Alexa. „Trotzdem kam es mir so vor, als könnte ich noch tiefer schauen, wenn ich mehr Macht hätte. Um Geheimnisse und so was zu sehen. Aber ich glaube, man muss eine wirklich mächtige Sternenstaub-Elfe sein, um Gedanken so genau lesen zu können."

Eve sah Alexa bewundernd an. „Deine magischen Kräfte sind echt cool!"

„Nicht nur meine“, widersprach Alexa. „Du kannst heilen, Lucy kann Dinge beschützen und Mara kann Sachen tarnen. Das ist irre. Wir beherrschen alle unsere Zauberkräfte richtig gut.“

Die vier Mädchen sahen sich an.

„Ich hab das Gefühl, dass wir ziemlich mächtige Sternenstaub-Elfen werden!“, sagte Lucy mit leichtem Staunen.

Alexa schoss hinauf in den Himmel und drehte eine Pirouette. „Wir beherrschen alle unsere höhere Magie!“ Aufgeregt düste sie wieder hinunter und griff nach Maras Hand, um sie mitzuziehen. Lachend tanzte sie mir ihr herum. „Ist das nicht fantastisch?“

„Absolut!“ Maras langes dunkles Haar flog ihr um die Schultern.

Lucy schnappte sich Eve und gesellte sich zu den anderen beiden. „Wir sind richtige Sternenstaub-Elfen!“

Alexa zwinkerte ihr grinsend zu. „Und stellt euch nur vor, wie viel Spaß wir jetzt erst haben werden!“

4

„Mum, ich gehe rüber zu Alexa.“ Lucy streckte ihren Kopf in die Küche. Es war Nachmittag und ihre Mutter backte gerade einen Kuchen. Rachel saß am Küchentisch und blätterte in einer Pony-Zeitschrift.

„Hast du alles, was du brauchst?“, fragte Mrs Evans.

„Hab ich“, antwortete Lucy. „Zahnbürste, Schlafanzug und was zum Anziehen für morgen.“

Xanthe hatte sie zum Übernachten eingeladen. Hauptsächlich, damit Lucy und Alexa sich gleich auf den Weg in den Wald machen konnten, sobald es dunkel wurde. Sonst musste Lucy immer warten, bis ihre Eltern endlich im Bett waren. Aber das hatte Lucy ihrer Mutter natürlich nicht erzählt!

Mrs Evans lächelte sie an. „Du verbringst so

viel Zeit nebenan, warum ziehst du nicht gleich dort ein?“

„Darf ich?“ Lucys Augen blitzten.

„Oh bitte, Mum, sag ja!“, bettelte Rachel. „Dann könnte ich Lucys Zimmer haben.“ Lucy warf ihr einen vernichtenden Blick zu, aber Rachel grinste bloß. „Und, was habt ihr beiden heute vor? Ich weiß! Ihr spielt Fee, stimmt’s? Wie heißt du noch gleich? Schlüsselblumen-Fee, oder?“

„Du weißt genau, dass ich nicht mehr Fee spiele.“ Lucy war sauer. Als sie kleiner war, hatte sie oft so getan, als sei sie eine Fee namens Schlüsselblume. Rachel erinnerte sie immer wieder gerne daran.

„Hat Alexa auch einen Feennamen? Und tut ihr so, als könntet ihr fliegen?“ Rachel tat, als würde sie mit den Flügeln schlagen. „Komm, fliegen wir zu unserem Feen-Häuschen“, piepste sie mit Babystimme.

„*Mum!*“, flehte Lucy.

Mrs Evans seufzte genervt. „Rachel, warum musst du Lucy immer aufziehen?“

Rachel feixte. „Weil's Spaß macht."

Mrs Evans wandte sich an Lucy. „Na los, ab mit dir. Wir sehen uns morgen früh wieder. Und viel Spaß."

Lucy gab ihr schnell einen Kuss und verließ die Küche. Grrrrrrr! Rachel konnte eine richtige Nervensäge sein. Manchmal hatte Lucy wirklich Lust, nach nebenan umzuziehen.

Sobald die Sonne unterging, flogen Lucy und Alexa zum Wald.

„Glaubst du, die Bussardküken sind inzwischen geschlüpft?", fragte Lucy, als sie zwischen den Bäumen hindurchschwebten.

„Hoffentlich", meinte Alexa. „Ich kann's kaum noch abwarten, die Kleinen zu sehen."

Ein Stück vor ihnen erahnte Lucy zwei Personen. „Schau, da sind Mara und Eve!" Alexa und flogen schneller.

„Hallo!", rief Lucy. „Ihr seid aber früh da."

„Ich musste die ganze Zeit an die Leute denken, die hier im Wald waren. Und ob sie wohl die

Vögel gesehen haben und zurückkommen werden", sagte Mara. „Deshalb wollte ich so schnell wie möglich herkommen.

„Du machst dir zu viele Sorgen", meinte Alexa. „Xanthe hat doch gesagt, dass es vermutlich bloß ein paar Teenager waren. Alles halb so schlimm und –"

„Psst!" Eve griff nach Alexas Arm. „Da unten ist jemand! Hört nur!"

Die vier Mädchen hielten mitten im Flug inne. Eve hatte Recht. Musik und Stimmengewirr drangen durch die stille Nachtluft herauf. Die Geräusche kamen von der Lichtung, wo tags zuvor der ganze Müll herumgelegen hatte.

„Schnell!", zischte Lucy. „Wir müssen uns tarnen. Sie dürfen uns auf keinen Fall sehen!"

„*Camouflagus!*", flüsterten alle vier. Sofort nahmen ihre Körper die Farbe des Sternenhimmels hinter ihnen an. Diesen Tarnungszauber beherrschten alle Sternenstaub-Elfen.

„Und was machen wir jetzt?", fragte Eve aufgeregt.

„Wir nähern uns der Buche von der anderen Seite“, gab Mara zurück.

„Nein“, widersprach Alexa schnell. „Ich finde, wir sollten nachsehen, was das für Leute sind und was sie hier machen.“

Mara runzelte die Stirn. „Aber wir sollen doch nicht in die Nähe von Menschen gehen.“

„Wir schauen ja bloß, was die hier treiben“, meinte Alexa. „Sie werden uns nicht sehen.“

„Alexa hat Recht“, stimmte Lucy ihr zu. „Wir sollten schon nachsehen, was die hier im Wald wollen.“

„Ich weiß nicht.“ Mara war immer noch nicht recht überzeugt. „Na gut. Hauptsache, wir gehen nicht zu dicht ran.“

Lucy nickte. „Also, los geht's. Aber passt auf, dass ihr weiter schön getarnt bleibt.“

Das funktionierte nur, wenn die Sternenstaub-Elfen sich immer mit einem Teil ihrer Gedanken auf den Tarnungszauber konzentrierten. Dazu mussten sie die Kraft der Sterne nutzen und sich damit der Farbe des Hintergrundes anpassen.

Während Lucy angestrengt auf ihre Tarnung achtete, flog sie in Richtung der Leute auf der Lichtung. Ihr Herz klopfte laut.

Als sie sich der Gruppe näherten, merkte sie, dass Mara und Eve langsamer wurden und zögerten.

Lucy sah sich um. Sie konnte die Umrisse ihrer Freundinnen vor dem Nachthimmel gerade noch so erkennen – aber nur weil sie wusste, wo sie suchen musste. „Kommt schon!", drängte sie.

Mara schüttelte den Kopf.

Lucy gab es auf und flog stattdessen mit Alexa weiter. Fünf Teenager saßen um die Überreste eines Lagerfeuers herum – drei Jungen und zwei Mädchen. Sie hatten Taschenlampen dabei und ringsherum lagen wieder leere Getränkedosen. Lucy spürte eine Welle der Erleichterung. Die sahen nicht wie Eierdiebe aus. Zwei der Jungs machten gerade Armdrücken, während der dritte den Mädchen eine Geistergeschichte erzählte. Diese kicherten und taten so, als würden sie sich fürchten.

„Und dann klopfte es plötzlich unter dem Fußboden und eine Stimme ertönte, die sagte ..."

„Hör auf, Mark!", quietschte eines der Mädchen. „Ich will nichts mehr hören!"

Der Junge namens Mark grinste. „Aber jetzt kommt doch erst der beste Teil, oder, Dave?", sagte er zu seinem Freund, einem schlaksigen Kerl.

Lucy sah, wie er sich zu Mark umdrehte. Es war schon komisch, hier so um sie herumzufliegen und nicht gesehen werden zu können – komisch, aber spaßig. Sie flog zurück zu Mara und Eve. „Keine Panik", flüsterte sie. „Es sind nur ein paar Teenager, wie wir schon dachten."

Alexa gesellte sich zu ihnen.

Mara sah immer noch beunruhigt aus. „Ich bin sicher, den Bussarden wird dieser ganze Lärm in der Nähe ihres Nestes gar nicht gefallen. Was sollen wir nur machen?"

„Na ja, wir könnten sie dazu bringen abzuhauen", sagte Alexa.

„Wie meinst du das?" Lucys Neugier war geweckt worden.

„Wir könnten unheimliche Geräusche machen und sie damit vergraulen."

„Das können wir nicht!", widersprach Mara sofort. „Wir dürfen nicht in die Nähe von Menschen gehen."

„Was ist mit dir, Lucy?", wollte Alexa wissen.

Lucy zögerte. Sie wusste, dass sie das eigentlich nicht durften, aber die Idee war verlockend. Würden sie die Teenager vergraulen können?

„Na, komm schon!", drängte Alexa. „Wir können so tun, als seien wir Geister. Dann fliegen wir um sie herum und machen gespenstische Geräusche. Das wird bestimmt lustig!"

Ihre Begeisterung war ansteckend.

„Okay!", entschied sich Lucy spontan.

„Lucy!" Mara war entrüstet. Sie funkelte Alexa an. „Das ist eine bescheuerte Idee. Da mache ich niemals mit."

Alexa zuckte bloß mit den Schultern. „Dann halt nicht." Sie wandte sich an Eve. „Und wie sieht's mit dir aus?"

„Ich ... ich ...", stotterte Eve.

„Eve macht auch nicht mit“, bestimmte Mara.

„Du hast doch nicht etwa Angst, Eve?“, stichelte Alexa.

„Nein“, murmelte Eve.

„Na, dann komm schon!“

Eve schluckte schwer. „Na gut.“

„Eve!“, schimpfte Mara.

Alexa drehte ihr den Rücken zu. „Gut, wie genau machen wir das jetzt?“

Lucy war ganz kribbelig vor Aufregung. „Ich weiß wie“, sagte sie. „Du kommst von Norden, Eve von Süden und ich von Osten. Wenn wir alle auf unseren Plätzen sind, ahmen wir den Schrei einer Eule nach – und dann geht's richtig los mit den unheimlichen Geräuschen!“

Mara starrte ihnen wütend hinterher, als Lucy, Alexa und Eve sich wieder auf den Weg zur Lichtung machten. Dave und sein Kumpel waren inzwischen mit dem Armdrücken fertig und hatten sich zu den anderen gesetzt.

„Der Wald hier ist ganz schön gespenstisch“, meinte eines der Mädchen.

„Du findest alles gespenstisch, Julie“, sagte Mark.

„Huhuuhuuuuu“, zog Dave sie auf.

Julie gab ihm einen Klaps auf den Arm. „Hör auf damit!“

„Los geht's“, flüsterte Lucy Alexa und Eve zu. Sie hatten sich im Schatten eines Baumes versammelt und ihre Tarnung ein kleines bisschen gelockert, damit sie sich gegenseitig im Sternenlicht sehen konnten. „Jetzt verteilen wir uns. Und denkt an den Eulenschrei, wenn ihr bereit seid.“

„Bis später dann!“ Alexa düste davon.

„Und was, wenn etwas schiefgeht?“ Eve zögerte noch.

„Das wird es nicht“, versicherte Lucy ihr, obwohl ihr eigenes Herz ganz schön laut klopfte. Aus Richtung Norden ertönte das vereinbarte Signal. „Das ist Alexa. Los jetzt, Eve!“

„Ich will aber nicht.“ Eve klang total verängstigt.

„Na gut, dann bleib hier bei mir“, meinte Lucy. Sie ahmte zwei Eulenschreie nach. Fast sofort erklang aus Alexas Richtung ein seltsames stöhnendes Geräusch. Die fünf Teenager zuckten erschrocken zusammen.

„Was war das?“ Julie wurde bleich.

„Ich ... ich weiß nicht“, stammelte ihre Freundin.

Beim Anblick ihrer verängstigten Gesichter konnte Lucy nur schwer das Lachen unterdrücken. Sie öffnete den Mund. „Huuuhuuuuuu“, machte sie.

Die Mädchen quietschten panisch. „Es ist ein Geist!“, rief Julie.

„Red keinen Blödsinn“, herrschte Dave sie an. „Vielleicht ist es einer von den großen, braunweißen Vögeln, die hier gestern herumgeflogen sind.“

Lucy erstarrte. Also hatten die Teenager die Wespenbussarde *doch* gesehen. Hoffentlich hatten sie nicht kapiert, dass es sich um sehr seltene Tiere handelte. Doch Daves nächste Worte ließen ihr das Blut in den Adern gefrieren.

„Die Viecher sind echt selten“, meinte er. „Mark hat mal im Internet nachgeschaut. Die Eier sind

total wertvoll. Da stand, dass manche Leute eine Menge Geld dafür zahlen und ..."

Mark trat ihm gegen das Schienbein.

„Autsch!", jammerte Dave. „Was sollte das denn?" Doch bevor Mark antworten konnte, stieß Julie einen spitzen Schrei aus und zeigte auf etwas rechts von Lucy.

Lucy fuhr herum.

Eve war sichtbar!

„Da ist ein Mensch!", kreischte Julie. „Da schwebt ein Mensch in der Luft!"

5

Eine Sekunde später war Eve wieder verschwunden, mit dem Nachthimmel im Hintergrund verschmolzen.

„Eve!“, wisperte Lucy panisch. „Sie haben dich gesehen!“

„Was soll das heißen, da ist ein Mensch?“ Mark blickte sich hektisch um. „Hier ist nichts.“

„Aber da war jemand. Dort drüben!“ Julie bekam die Worte kaum heraus. „Ein Mädchen. In einem blauen Kleid!“

Sie war so verängstigt, dass selbst die Jungs langsam nervös wurden.

„Also, ich bin weg hier!“, murmelte Daves Freund.

„Ja, kommt, hauen wir ab!“, stimmte Mark ihm zu. Sie sprangen auf und rannten den Waldweg hinunter Richtung Parkplatz.

„Was ist denn passiert?“ Alexa tauchte plötzlich in der Luft neben ihnen auf. „Die haben dich gesehen, Eve!“

Lucy schaute sich schnell um, doch die jungen Leute waren alle weg. Also wurde auch sie wieder sichtbar und Eve tat das Gleiche. Eve weinte.

„Was ist denn mit deiner Tarnung passiert?“, wollte Lucy wissen.

„Dieser Junge meinte, dass die Eier richtig wertvoll seien. Da hab ich vor Schreck meine Tarnung völlig vergessen und das war’s. Was soll ich nur machen? Ich werde schrecklichen Ärger bekommen!“, klagte Eve.

Lucy legte ihr den Arm um die Schultern. Tröstend meinte sie: „Mach dir keine Sorgen. Nur eins von den Mädchen hat dich gesehen, und das auch nur ganz kurz. Zu Hause wird sie glauben, dass sie sich alles nur eingebildet hat. Braucht doch niemand zu erfahren.“

„Stimmt“, meinte auch Alexa. „Wenigstens hast du dich schnell wieder getarnt.“

„Aber das habe ich nicht“, widersprach Eve.

„Zumindest nicht sofort. Ich war zu schockiert. Doch dann bin ich plötzlich verschwunden. Als hätte mich jemand anderes getarnt."

„Das war ich!" Die drei Mädchen wirbelten herum. Mara kam auf sie zugeflogen. Sie sah blass aus. „Ich habe von den Bäumen aus zugeschaut und gesehen, was passiert ist. Mit Hilfe meiner höheren Magie habe ich dich gegen den Nachthimmel getarnt, bis du deine eigene Tarnung wiederhattest."

„Oh, Mara." Eve flog schnell zu ihr hinüber. „Tausend Dank!"

Bewundernd sah Lucy Mara an. „Da hast du aber schnell reagiert, Mara." Mara verdiente wohl eine Entschuldigung. „Es tut mir leid, dass wir nicht auf dich gehört haben", meinte sie zaghaft. „Wir hätten nicht versuchen sollen, die Teenager zu vergraulen. Es war eine dumme Idee."

Mara nickte ernst. „Das hätte ganz schön böse enden können."

„Ich weiß", gab Lucy zu.

„Na ja, es ist ja nichts passiert", tönte Alexa munter. „Eve war nur für eine Millisekunde sichtbar und wir haben die Bande ja wirklich vertrieben." Sie grinste. „Habt ihr deren Gesichter gesehen, als Lucy und ich diese unheimlichen Geräusche gemacht haben?"

Bei der Erinnerung musste auch Lucy lächeln. Alexa hatte Recht. Es hatte wirklich Spaß gemacht!

„Also, ich meine, wir hätten es vielleicht nicht tun sollen", plapperte Alexa weiter, „aber lustig war's trotzdem."

„*Lustig!*" Mara kochte fast vor Wut. „Ich glaub's einfach nicht, Alexa! Was, wenn noch mehr von ihnen Eve gesehen hätten? Dann würde sie jetzt echt in der Klemme stecken. Würden wir alle und das wäre allein deine Schuld."

Alexa zog die Stirn kraus. „Aber sie haben sie nicht gesehen."

„Das war nur *Zufall*!", schimpfte Mara. „Es war echt bescheuert, Alexa."

„War es nicht!"

„War es doch! Wie alle deine Ideen. Wegen dir kriegen wir immer Ärger."

Nun schaute auch Alexa sauer drein. „Wenigstens habe ich Ideen und bin nicht so langweilig wie du – du langweiliger Tugendbolzen!", fügte sie wütend hinzu.

„Ich bin kein Tugendbolzen!" Mara schossen die Tränen in die Augen. „Und ich bin nicht langweilig! Ich hasse dich, Alexa! Du hast noch nicht mal Danke gesagt dafür, dass ich Eve gerettet habe!" Mit diesen Worten drehte sie sich um und flog davon.

„Mara! Warte!" Doch Mara reagierte nicht auf Eves Rufen. Eve warf Lucy einen verzweifelten Blick zu und flog ihrer Freundin hinterher.

Lucy wusste nicht, was sie tun sollte. Alexa verlor selten die Fassung, aber jetzt war sie offensichtlich stinksauer. „Was fällt Mara ein zu behaupten, es sei alles meine Schuld!", schimpfte sie. „Ist es nicht. Ich habe Eve nicht gezwungen mitzumachen. Ich kann nichts dafür, dass sie ihre Tarnung verloren hat."

„Nein, aber …“ Lucy zögerte. Sie wollte keinen Streit mit Alexa, aber sie verstand Mara durchaus. „Na ja, es war schon deine Idee, Alexa. Und wir haben Eve überredet mitzukommen. Das soll nicht heißen, dass es deine Schuld war“, fügte sie hastig hinzu. „Ich bin genauso dafür verantwortlich.“

„Aber dir hat Mara nichts vorgeworfen, schon bemerkt?“ Grimmig starrte Alexa Mara hinterher. „Wenn's nach ihr geht, bin immer ich an allem schuld! Also mir kann sie gestohlen bleiben!“

In diesem Moment kam Eve wieder zurück.

„Wo ist Mara?“, erkundigte sich Lucy.

„Sie will nicht mehr mit herkommen.“ Eve sah sehr besorgt aus.

„Aber was ist mit den Bussarden? Wir sollen doch auf sie aufpassen.“

Eve biss sich auf die Unterlippe. „Sie sagt, sie hält nicht mehr mit Alexa zusammen Wache.“

„Ist mir nur recht“, erklärte Alexa. „Wir können ja die eine Hälfte der Nacht Wache halten und sie die andere Hälfte allein.“

„Ich kann Mara nicht im Stich lassen!“, rief Eve. „Ich bleibe bei ihr.“

„Wie du willst.“ Alexas Tonfall war kalt.

„Das ist doch Blödsinn!“ Lucy sah von einer zur anderen. „Wir sollen alle gemeinsam Wache halten. Überrede doch Mara dazu zurückzukommen, Eve.“

Hilflos zuckte Eve mit den Schultern. „Tut sie nicht. Sie sagt, sie redet erst wieder mit Alexa, wenn die sich entschuldigt.“

„Da kann sie lange warten“, zischte Alexa.

Eve ließ den Kopf hängen. „Ich geh wohl besser wieder. Mara ist wirklich unglücklich.“ Nach ein paar Metern drehte sie sich noch mal um: „Wir lösen euch dann um eins ab.“

„Aber, Eve ...“, protestierte Lucy. Zu spät. Eve war schon verschwunden.

Lucy rieb sich die Stirn. Sie konnte kaum glauben, was gerade passiert war. Alexa und Mara zankten sich öfters mal, aber sie hatten noch nie solchen Streit gehabt. Lucy schaute sich auf der Lichtung um. Ohne die anderen war es irgendwie komisch hier. „Vielleicht solltest du sie wirklich um Entschuldigung bitten“, schlug sie Alexa vor.

„Niemals!“

Lucy sah das wütende Gesicht ihrer Freundin. Vielleicht brauchten sowohl Alexa als auch Mara ein bisschen Zeit, um sich zu beruhigen. Sie seufzte. „Dann schauen wir wohl besser mal nach den Bussarden.“

Die Wespenbussarde wirkten sehr unruhig. Maja saß zwar auf den Eiern, aber sie hüpfte ständig auf und ab. Willi hockte auf einem Ast in der Nähe, wobei er die Umgebung nicht aus den Augen ließ.

„Ich schätze mal, dass der ganze Lärm heute Abend sie gestört hat“, meinte Lucy. „Sei ganz ruhig“, flüsterte sie Maja zu und wünschte, der Vogel würde sie verstehen. „Die Leute sind weg. Ihr müsst euch keine Sorgen mehr machen.“

Maja sah nicht sonderlich besänftigt aus. Rastlos hüpfte sie auf einen Zweig und dann wieder zurück aufs Nest.

„Komm, wir setzen uns da drüben hin und warten“, sagte Lucy zu Alexa.

Die Stunden gingen nur langsam vorbei. Alexa schien nicht in Redelaune zu sein. Wenigstens beruhigten sich nach einer Weile die Vögel. Doch auch als sie schliefen, schlug Alexa nicht wie sonst irgendwelche Spiele vor. Und sie plapperte auch nicht, wie sie es normalerweise immer tat.

Lucy beobachtete, wie die Sterne über den Nachthimmel zogen. Als der Herbststern hinterm Horizont verschwand, tauchten Mara und Eve wieder auf.

„Hallo“, begrüßte Lucy sie.

Eve lächelte. „Hi. Und, wie geht es Willi und Maja?“

„Ein bisschen aufgeregt“, berichtete Lucy. „Aber jetzt scheinen sie sich beruhigt zu haben.“

„Komm, Lucy“, meinte Alexa und würdigte Mara keines Blickes. „Fliegen wir zu Xanthe und fragen, ob sie noch Aufgaben für uns hat.“

Lucy zögerte, doch dann gab sie nach. Es sah nicht danach aus, als würden die beiden ihren Streit noch heute Nacht beenden. Vielleicht morgen, dachte sie, als sie mit Alexa zur großen Lichtung flog. Dort trafen sich nachts immer alle Sternenstaub-Elfen.

Xanthe unterhielt sich gerade mit Rebecca. Die beiden standen in der Nähe der riesigen Eiche in der Mitte der Lichtung. Xanthe schien erstaunt, sie zu sehen, und kam sofort zu ihnen herüber. „Was macht ihr denn hier? Ist etwas mit dem Nest?“

„Nein. Eve und Mara sind dort“, antwortete Alexa.

„Aber ihr sollt doch gemeinsam Wache halten", sagte Xanthe. „Es ist besser, wenn ihr zu viert seid, falls es irgendwelchen Ärger gibt. Dann können zwei Hilfe holen und zwei aufpassen, was passiert." Sie runzelte die Stirn. „Ihr fliegt besser gleich wieder zurück."

Lucy warf Alexa einen Blick zu. „Wir ... äh ... hatten einen kleinen Streit mit den anderen", sagte sie zu Xanthe.

„Weshalb?" Xanthe war offensichtlich total überrascht.

„Ach, nichts Wildes", log Lucy. Wenn Xanthe herausfand, dass sie in der Nähe von Menschen gewesen waren, dann würden sie mächtig Ärger bekommen!

„Wir halten nicht mehr mit ihnen gemeinsam Wache bei den Vögeln", verkündete Alexa.

Xanthe sah die Mädchen aufmerksam an. Lucy hatte schon Angst, dass sie nach Einzelheiten fragen würde. Aber zum Glück zuckte Xanthe nur mit den Schultern. „Na dann. Wenn ihr euch gerade absolut nicht wieder vertragen könnt, dann kümmert euch am besten um eine andere Aufgabe. In der Nähe der Eichen am östlichen Flussufer hat jemand einige seltene Blaue Laufkäfer entdeckt. Könnt ihr dort hinfliegen? Es wäre gut, wenn wir wüssten, wie viele es von ihnen gibt. Es handelt sich um eine bedrohte Tierart, darum müssen wir sie im Auge behalten."

„Käfer!" Alexa klang alles andere als begeistert.

„Alle Tiere und Insekten verdienen gleichermaßen unseren Schutz", sagte Xanthe mit hochgezogenen Augenbrauen. „Ab mit euch. Zählt so viele Käfer, wie ihr finden könnt, und beobachtet, was sie fressen. Wir wollen möglichst viel über ihre Fressgewohnheiten wissen."

Lucy und Alexa machten sich auf den Weg.

„Ich kann nicht glauben, dass Xanthe uns zu Käfern schickt!", beklagte Alexa sich. „Wir hätten ja auch nach den Ottern oder Spitzmäusen oder Dachsen schauen können. Irgendwas, das Spaß macht. Warum Käfer? Die sind so öde."

Verglichen mit anderen Käfern waren die Blau-

en Laufkäfer zwar ziemlich hübsch anzusehen – ihre Panzer glänzten in ungewöhnlichem, metallischem Blau –, doch nachdem Lucy eine Stunde lang zwischen feuchtem, fauligem Laub am Waldboden gehockt und alte Äste auf der Suche nach den Tieren umgedreht hatte, war sie ganz Alexas Meinung. Käfer zu beobachten war das Langweiligste, was sie je im Wald getan hatte.

Sehnsüchtig dachte sie an die alte Buche. Es wäre so viel lustiger, jetzt dort bei Eve und Mara zu sein, die Vögel zu bewachen und nebenher ihre Zauberkünste zu üben. Oder sie könnten Verstecken spielen oder Fangen ...

Lucy sah zu, wie ein Käfer eine nichts ahnende Nacktschnecke verfolgte, Sie seufzte. Hoffentlich vertrugen sich Alexa und Mara bald wieder!

6

Drei Nächte später wartete Lucy immer noch vergeblich darauf, dass Alexa und Mara wieder Freundinnen wurden.

„Ich mach nicht den ersten Schritt“, erklärte Alexa, als sie mit Lucy in den Zweigen des Bussard-Baumes saß. „Mara hat gesagt, sie hasst mich. Dafür muss sie sich erst entschuldigen.“

„Aber du weißt doch, wie dickköpfig Mara ist“, warf Lucy ein. „Wenn du darauf wartest, werdet ihr vielleicht nie wieder Freundinnen. Außerdem hast du gesagt, sie sei langweilig und ein Tugendbolzen. Das war auch nicht, nun ja, nicht gerade nett.“ Beim Gedanken an eine weitere Nacht mit Käferzählen sank Lucys Stimmung. Sie hatte langsam den Verdacht, dass Xanthe ihnen extra eine so langweilige Aufgabe gegeben hatte, damit sie den Streit beendeten.

„Da hast du wohl Recht“, gab Alexa widerwillig zu. Sie schwieg einen Moment. „Meine Idee war aber trotzdem nicht blöd. Immerhin haben wir die Teenager tatsächlich vertrieben. Und sie sind seither nicht wiedergekommen.“ Doch zum ersten Mal klang sie nicht ganz überzeugt, dass es wirklich der richtige Weg gewesen war.

„Ich weiß“, stimmte Lucy zu. „Aber es hätte ganz schön böse enden können.“

Alexa seufzte. „Möglich.“

Lucy sah sie hoffnungsvoll an. „Wirst du Mara dann sagen, dass es dir leidtut?“

Trotzig streckte Alexa ihr Kinn heraus. „Nicht, wenn Mara es nicht zuerst sagt.“

Als Eve und Mara in jener Nacht kamen, um sie abzulösen, hatte Lucy eine Entscheidung getroffen. Wenn weder Alexa noch Mara bereit waren, den ersten Schritt zu machen, dann würde sie eben versuchen, die Freundschaft zu kitten. Sie hatte inzwischen mehr als genug von Blauen Laufkäfern!

„Hi, Mara!“ Lucy flog zu den beiden hinüber.

Mara schien überrascht. Die letzten Nächte hatten sie sich immer abgelöst, ohne ein Wort zu wechseln. „Hi“, sagte sie zögerlich.

Lucy holte tief Luft. „Alexa und ich wollten gerade unsere höhere Magie üben“, sagte sie. „Wir wollten fragen, ob du und Eve vielleicht Lust habt, ein bisschen mit uns zu zaubern. Wir könnten alle gemeinsam üben.“

Aus dem Augenwinkel beobachtete sie, wie Alexa sie überrascht ansah. Bitte, flehte Lucy stumm. Bitte, lass mich nicht im Stich. Sie sah, wie Alexa kurz zögerte. Zu ihrer großen Freude kam die Freundin dann herbeigeflogen.

„Ja, und dann könnten wir Fangen spielen oder so was“, schlug Alexa vor, wobei sie Maras Blick auswich.

Lucy spürte eine Welle der Erleichterung. Es war zwar keine echte Entschuldigung, aber sie wusste, dass Alexa sich wieder vertragen wollte.

„Au ja!“, rief Eve begeistert. „Das wäre ...“

Doch bevor sie ihren Satz beenden konnte,

wurde sie von Mara unterbrochen. „Nein, danke.“ Ihr Tonfall war kühl. „Wir wollen mit euch nicht Fangen spielen und auch nicht Zaubern üben.“ Sie sah Alexa direkt ins Gesicht. „Nicht, bevor du dich nicht entschuldigt hast.“

Ein verletzter Ausdruck lag einen Moment lang in Alexas Augen. Doch dann war er verschwunden und stattdessen funkelte sie Mara an. „Da kannst du warten, bis du schwarz wirst! Komm, Lucy!“

Und sie flog davon.

Es war zum Haareraufen! Da hatte Lucy Alexa endlich so weit gehabt, sich wieder zu versöhnen. Mara hätte bloß zu einer Runde Fangen Ja sagen müssen, aber nicht mal das schaffte sie! Lucy warf Mara einen genervten Blick zu und folgte Alexa.

„Sie ist echt unglaublich!“, schimpfte Alexa auf dem Weg zurück zur Hauptlichtung. „Ich meine, ich war nett zu ihr. Warum konnte sie nicht einfach auch nett sein?“

„Ich weiß“, stimmte Lucy ihr zu.

Xanthe sah sie kommen und flog zu ihnen he-

rüber. „Alles in Ordnung mit euch beiden? Ihr seht ganz schön sauer aus."

„Es ist Mara!", fauchte Alexa. „Sie ist so stur! Sie macht mich noch wahnsinnig!"

Xanthe seufzte. „Also ich weiß ja nicht, worum es bei eurem Streit geht, aber du solltest Folgendes nicht vergessen: Das, was dich an Mara stört, sind möglicherweise auch genau die Dinge, die sie zu einer wirklich guten Freundin machen."

„Wie meinst du das?“, wollte Alexa wissen.

„Nun ja, Mara mag vielleicht stur sein, aber sie ist außerdem sehr mutig, entschlossen und loyal. Diese guten Eigenschaften kriegt man nun mal nicht ohne eine Portion Sturheit.“

Nun seufzte auch Alexa. „Schon möglich. Aber sie ist trotzdem nervig!“

Xanthe lächelte. „Du und Mara, ihr seid einfach sehr verschieden, Alexa. Das ist aber nicht schlimm. Es macht euch stärker, wenn ihr zusammenarbeitet. Ihr habt beide unterschiedliche Stärken.“

Lucy wusste nicht genau, was Xanthe meinte. Soweit sie sehen konnte, brachten die Unterschiede zwischen Alexa und Mara die beiden nur dazu, sich zu zanken.

„Ich muss weiter“, meinte Xanthe. „Wir sehen uns wieder, wenn ihr mit den Käfern fertig seid. Und denkt darüber nach, was ich gesagt habe.“

Sie flog davon.

Alexa legte die Stirn in Falten. „Sie kapiert einfach nicht, wie nervig Mara sein kann.“

Lucy stieß einen Seufzer aus. „Na komm, wir sollten wohl besser mal nach den Käfern schauen."

Als Lucy in dieser Nacht nach Hause kam, hatte sie die Nase gestrichen voll von Blauen Laufkäfern.

„Sternenstaub, hinfort!", flüsterte sie, als sie sachte in ihrem Schlafzimmer landete.

Sie spürte, wie die vertraute Schwere in ihren Körper zurückkehrte – als würde Blei durch ihre Adern fließen –, und plötzlich war sie wieder ein Mensch. Sie sah an sich hinunter. Ihr goldenes Sternenstaub-Kleid hatte sich in den lilafarbenen Schlafanzug zurückverwandelt.

Lucy gähnte und krabbelte ins Bett. Normalerweise fühlte sie sich nach einer Nacht als Sternenstaub-Elfe immer richtig beschwingt. Aber heute war sie einfach nur total kaputt. Ihr gingen so viele Dinge durch den Kopf – Alexa, Mara, der Streit ...

Seufzend ließ sie sich in die Kissen sinken. Es

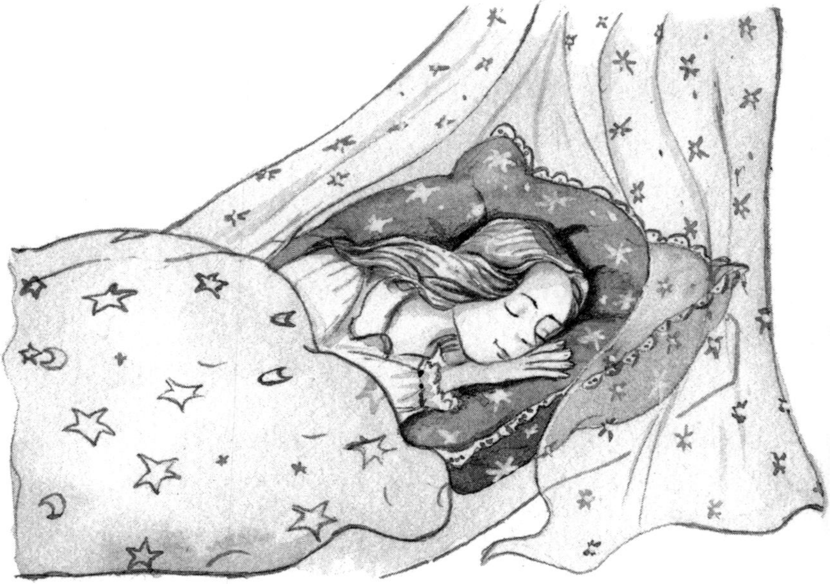

sah nicht so aus, als würden sich die beiden Freundinnen wieder vertragen.

Als Lucy am nächsten Morgen um halb neun aufwachte, fühlte sie sich erschöpft und müde. Draußen schien die Sonne vom strahlend blauen Himmel. Sie entschied sich für Shorts und T-Shirt, bevor sie nach unten ging.

Hope hatte bei einer Freundin übernachtet,

aber Rachel saß in der Küche und mampfte Toast. Als Lucy hereinkam, sah sie auf. „Guten Morgen."

„Morgen", grummelte Lucy.

„Was ist denn mit dir los?", fragte Rachel überrascht.

„Nichts." Lucy nahm zwei Scheiben Toast aus der Packung und steckte sie in den Toaster. Mit einem Seufzer ließ sie sich auf den Stuhl plumpsen.

Rachel beugte sich herüber und wuschelte ihr durch die Haare. „Lass den Kopf nicht hängen, Schwesterchen. So schlimm kann's nicht sein."

Lucy wich ihrer Hand aus. „Lass das!", fauchte sie.

„Ohooooo", machte Rachel. „Schlechte Laune, was?" Sie zog eine Augenbraue hoch. „Was sind wir heute empfindlich."

„Lass mich einfach in Ruhe!", schimpfte Lucy.

Zum Glück kam in diesem Moment ihre Mutter herein. „Guten Morgen, Liebes", begrüßte sie Lucy.

„Lucy hat schlechte Laune!", berichtete Rachel.

Lucy sah ihre Schwester böse an.

Mrs Evans betrachtete das Gesicht ihrer jüngsten Tochter und merkte, dass es ihr nicht gut ging. „Rachel, hör auf, Lucy zu ärgern." Sie reichte Lucy den fertigen Toast. „Ist das deiner?"

Lucy nickte.

„Ich hol dir noch eine frische Marmelade", meinte Mrs Evans mit Blick auf das leere Glas auf dem Tisch. Sie schob einen Stuhl vor den Schrank und stieg hinauf, um ein neues vom Vorrat im obersten Fach zu holen.

„Wo liegt denn das Problem?", erkundigte Rachel sich bei Lucy.

„Viele Probleme", entgegnete Lucy. „Wichtige Dinge!"

Wieder zog Rachel die Augenbrauen hoch. „Was könnte das wohl sein?" Sie tat, als würde sie scharf nachdenken. „Ob Mr Brown Karotten oder Salat bekommt? Oder ob du die rosafarbenen oder die blauen Socken anziehen sollst?"

Jetzt riss Lucy der Geduldsfaden. „Quatsch! Dinge, von denen du keine Ahnung hast. Die du sowieso nicht verstehen würdest, Rachel!"

„Ohoooo“, machte Rachel wieder.

„Schluss jetzt, ihr beiden!“ Verärgert drehte Mrs Evans sich um. „Warum müsst ihr immer –“ Sie stieß einen spitzen Schrei aus, als ihr Fuß von der Stuhlfläche rutschte.

„Mama!“, riefen Lucy und Rachel gleichzeitig.

„Aua!“ Hart schlug Mrs Evans auf den Fliesen des Küchenbodens auf. Vor Schmerz schnappte sie nach Luft und hielt den einen Fuß umklammert. „Mein Knöchel!“

7

Lucy sah, wie ihre Mutter bleich wurde und leicht schwankte. Schnell sprang Lucy auf und kniete sich neben sie. Sie legte ihrer Mutter die Arme um die Schultern, um sie zu stützen.

„Mum!“ Rachel saß stocksteif da. „Mum! Alles in Ordnung?“ Die Panik war ihr deutlich anzuhören. „Oh mein Gott, was sollen wir bloß machen?“

„Halt die Klappe, Rachel!“, herrschte Lucy sie an. Ihr Herz klopfte wild, aber ihr Kopf war seltsamerweise ganz klar. Sie wusste, dass sie nicht die Ruhe verlieren durften. „Mum?“, fragte sie sanft. „Geht’s dir gut?“

Mrs Evans blinzelte. „Ach, Liebes“, sagte sie mit zittriger Stimme. „Ich fühle mich ein bisschen komisch.“

„Am besten, du lehnst dich mit dem Rücken an die Wand“, riet Lucy ihr. Mrs Evans nickte und Lucy half ihr, sich vorsichtig aufzurichten. Ihre Mutter schnappte scharf nach Luft. „Ich hab mir den Knöchel verletzt“, sagte sie durch zusammengebissene Zähne.

„Sollen wir einen Krankenwagen rufen?“ Rachel war fast so blass wie ihre Mutter. „Ich hole das Telefon. Die Nummer ist 110, oder?“

„Rachel“, meinte Mrs Evans schwach, „110 ist nur für Notfälle.“

„Aber das ist doch ein Notfall!“, rief Rachel.

Mrs Evans fuhr sich mit der Hand über die Augen.

„Rachel, ruf einfach Dad auf seinem Handy an“, befahl Lucy. „Aber hol mir zuerst eine Packung Erbsen aus der Tiefkühltruhe.“

„Erbsen!“ Rachel sah sie an, als sei sie verrückt geworden. „Mum will jetzt keine Erbsen essen!“

„Die sind für ihren Knöchel!“, erklärte Lucy. Ihr fielen nach und nach die ganzen Sachen wieder ein, die sie neulich in einem Erste-Hilfe-Kurs in der Schule gelernt hatte. „Die kalten Erbsen halten die Schwellung zurück“, ergänzte sie.

Rachel rannte zur Tiefkühltruhe. „Da." Sie warf Lucy die Erbsen zu.

„Danke, und jetzt ruf Dad an." Ausnahmsweise kam Lucy sich wie die ältere Schwester vor. Sie half ihrer Mutter, sich bequemer hinzusetzen. „Sollen wir damit deinen Fuß kühlen?" Lucy hielt die Erbsenpackung hoch. „Das könnte helfen."

„Gute Idee." Mrs Evans nahm die tiefgefrorenen Erbsen. „Und würdest du mir noch ein paar Kissen für mein Bein holen? Wenn ich es hochlege, schwillt es vielleicht auch nicht so an."

„Mum, ich habe Dad am Apparat!" Rachel brachte das Telefon.

Während Mrs Evans mit ihrem Mann sprach, organisierte Lucy schnell ein paar Kissen. „Ich bin von einem Stuhl gefallen", erzählte Mrs Evans. „Nein, nichts Schlimmes, aber ich glaube, mein Knöchel ist vielleicht gebrochen." Sie machte eine Pause. „In Ordnung. Dann bis bald. Mach dir keine Sorgen, Lucy und Rachel kümmern sich um mich."

Sie legte das Telefon beiseite. „Dad ist schon auf dem Weg."

Lucy seufzte erleichtert und sah, dass Rachel das Gleiche tat.

„Hier.“ Vorsichtig schob Lucy die Kissen unter das Bein ihrer Mutter, während Mrs Evans die Erbsen festhielt. „Geht das so?“

„Wunderbar.“, antwortete Mrs Evans. Sie lächelte. „Das hast du toll gemacht, Lucy. Danke.“

Lucy gelang ein schiefes Lächeln. Jetzt, wo alles unter Kontrolle schien, fühlte sie sich ziemlich wacklig auf den Beinen. Sie ließ sich neben ihre Mutter auf den Fußboden sinken.

„Alles in Ordnung?“, erkundigte sich Mrs Evans besorgt.

„Doch, doch ... mir geht's gut“, sagte Lucy, obwohl sie einen dicken Kloß im Hals hatte. Ihre Mutter hätte sich ernsthaft verletzen können.

„Wisst ihr was, ich hole uns jetzt was zu trinken“, meinte Rachel. „Einen Tee für dich, Mum? Lucy, Cola?“

„Das ist eine gute Idee, mein Schatz“, antwortete Mrs Evans. „Ich glaube, wir können alle drei was vertragen.

Rachel holte zwei Dosen Cola und setzte Teewasser auf. „Hier, bitte." Sie gab Lucy eine der Dosen.

Lucy trank die kalte, süße Cola in kleinen Schlucken und fühlte sich gleich ein bisschen besser.

Vorsichtig balancierte Rachel die volle Teetasse zu ihrer Mutter hinüber. Rachel schien jetzt viel ruhiger zu sein. Sie setzte sich auch zu ihnen auf den Boden. „Alles okay, Mum?"

Mrs Evans nickte. „Es tut einfach ziemlich weh."

„Soll ich dir einen Witz erzählen?", schlug Rachel vor. „Das lenkt dich vielleicht ab."

„Einen Versuch ist's wert."

„Was ist rot, klappert und springt von Baum zu Baum?"

Mrs Evans lächelte vorsichtig. „Ich weiß es nicht, was könnte das wohl sein?"

Rachels Augen funkelten. „Tarzan mit Sonnenbrand und Kleingeld in der Tasche."

„Oh, Rachel." Mrs Evans schüttelte lächelnd den Kopf. Lucy grinste.

Bis Mr Evans nach Hause kam, hatte Rachel noch dreizehn weitere Tarzan-Witze erzählt. Mr Evans wirkte äußerst besorgt, als er die Küche betrat. Doch die Erleichterung war ihm anzusehen, als er sie alle lachen sah. „Was ist denn nun genau passiert?“, fragte er.

Mrs Evans erzählte es ihm. „Rachel und Lucy waren fantastisch“, sagte sie.

„Also, ehrlich gesagt, war Lucy fantastisch“, korrigierte Rachel beschämt. „Ich war völlig nutzlos. Lucy hat alles organisiert und Mum geholfen.“ Sie warf Lucy einen Blick zu, der ausnahmsweise nicht spöttisch war. „Das war echt klasse, Schwesterchen.“

Lucy traute ihren Ohren kaum. Rachel sagte nie etwas Nettes zu ihr. „Das stimmt nicht. Du hast genauso geholfen.“

„Nein, habe ich nicht“, widersprach Rachel.

Mrs Evans drückte Rachels Hand. „Doch, das hast du. Ich weiß, Lucy hat sich toll verhalten, als der Unfall passiert ist. Aber bei deinen Witzen habe ich fast vergessen, dass mein Knöchel weh tut.“

Sie sah von Rachel zu Lucy. „Ihr habt beide geholfen – nur auf unterschiedliche Arten."

Eine Erinnerung tauchte plötzlich aus Lucys Unterbewusstsein auf. Es war etwas, das Xanthe in der Nacht zuvor gesagt hatte. Darüber, wie die Menschen unterschiedliche Stärken haben und dass diese einem helfen, wenn man zusammenarbeitet. Aber jetzt hatte sie keine Zeit, weiter darüber nachzudenken. Ihr Dad half ihrer Mutter auf. „Ich bringe Mum ins Krankenhaus", sagte er. „Kommt ihr zwei hier allein klar?"

Rachel und Lucy nickten. Sie begleiteten ihre Mutter bis zum Auto.

Als der Wagen außer Sichtweite war, kehrten sie ins Haus zurück.

„Und, was machst du jetzt?", wollte Rachel wissen.

„Ich werde ein bisschen in mein Zimmer gehen", antwortete Lucy. Sie brauchte Zeit zum Nachdenken.

„Okay." Rachel ließ sich auf das Sofa fallen. Dann drehte sie sich noch mal um. „Lucy?"

„Ja?“ Lucy blieb auf halber Treppe stehen.

Rachel zögerte einen Moment. „Ich ... ich bin froh, dass du heute hier warst.“

„Ich bin auch froh, dass du da warst“, sagte Lucy.

Sie lächelten sich an. Lucy war plötzlich ganz leicht ums Herz, als sie nach oben in ihr Zimmer ging. Es war so schön, zur Abwechslung mal nicht mit Rachel zu streiten – sondern sich zu freuen, dass es ihre Schwester gab.

Sie setzte sich aufs Bett und dachte über Xanthes Worte nach. Vielleicht waren Unterschiede ja doch gut. Schließlich konnten sie und Rachel ihrer Mutter auf verschiedene Weisen helfen.

Wahrscheinlich gilt das auch für Alexa, Mara, Eve und mich, dachte Lucy. Wir können alle vier unterschiedliche Sachen gut, weil wir so verschieden sind. Alexa ist mutig, Mara ist vernünftig, Eve rücksichtsvoll und ich ...

Nun ja, sie war sich nicht so sicher, wo ihre Stärke lag, aber sie war zumindest anders als die anderen.

Auf einmal schien der Streit zwischen Alexa und Mara dümmer als je zuvor. Lucy holte sich das Telefon und tippte Eves Nummer.

„Ja, hallo?“, meldete sich Eve.

„Hi, ich bin's – Lucy.“

„Hallo, Lucy.“ Eve klang überrascht.

Lucy kam gleich zur Sache. „Hör zu, wir müssen einfach dafür sorgen, dass Alexa und Mara sich wieder vertragen.“

„Ich weiß“, stimmte Eve ihr zu. „Aber was sollen wir bloß tun? Mara ist nicht nur einfach dickköpfig, Lucy. Es hat sie wirklich verletzt, dass Alexa gesagt hat, sie sei langweilig. Und dass sie sich nicht dafür bedankt hat, wie Mara mich gerettet hat, als ich meine Tarnung verloren habe.“

Lucy seufzte. „Arme Mara. Aber Alexa ist auch sehr verletzt. Schließlich hat ihre Idee, die Teenager zu vertreiben, wirklich funktioniert."

„Es ist echt schrecklich. Beide sind richtig unglücklich wegen des blöden Streits", meinte Eve.

„Stimmt", sagte Lucy. „Und mich macht es auch total fertig. Heute Nacht weigern wir uns einfach, die Lichtung zu verlassen, bevor sie wieder Freundinnen sind. Wir müssen sie einfach dazu bringen, sich zu vertragen."

„Wir können es zumindest versuchen." Eve klang nicht gerade zuversichtlich.

„Wir werden mehr als es nur versuchen", erklärte Lucy bestimmt. „Wir werden dafür *sorgen*!"

8

Später an jenem Abend kamen Mara und Eve zur Lichtung geflogen, um Lucy und Alexa abzulösen.

„Komm, wir verschwinden“, meinte Alexa barsch.

„Nein.“ Lucy sah Alexa direkt in die Augen. Sie hatte ihr vorher nichts von ihren Plänen erzählt, denn sie wollte Alexa keine Möglichkeit zur Diskussion geben. „Ich verlasse diese Lichtung erst, wenn du und Mara euch wieder vertragt.“ Sie flog hinüber zu Mara. „Eve und ich finden diesen Streit beide echt blöd, Mara. Du und Alexa, ihr seid beide unglücklich deswegen. Könnt ihr euch nicht einfach verzeihen, damit wir alle wieder zusammen sein können?“

Mara fuhr Eve an. „Hast du etwa mit Lucy gesprochen?“

Eve wurde rot, aber sie nickte und stellte sich

neben Lucy. „Bitte, könnt ihr zwei euch nicht wieder vertragen?“, bettelte sie.

„Erst wenn Alexa sich entschuldigt“, sagte Mara kalt.

„Warum sollte ich?“, schoss Alexa wütend zurück.

„Weil es sonst nie aufhört!“, rief Lucy. „Ihr seid beide schuld und –“

Sie brach ab, denn sie hatte ein ungewöhnliches Geräusch gehört. Das Knattern eines Motors. An den verdutzten Gesichtern ihrer Freundinnen konnte sie erkennen, dass die es auch gehört hatten.

„Das ist ein Motorrad!“, stellte Alexa fest.

„Wer fährt denn um diese Zeit hier Motorrad?“, wollte Mara wissen.

Das Geräusch schien direkt auf sie zuzukommen, kam näher und näher, bis es plötzlich aufhörte, weil der Motor abgeschaltet wurde.

„Was ist denn da los?“, flüsterte Eve. „Klingt, als sei es da drüben auf der anderen Lichtung.“

„Vielleicht hat es jemand auf die Bussardeier abgesehen“, zischte Mara.

Sie hörten die Stimme eines Jungen. „Los, Dave. Hier entlang."

Lucy erkannte, wer da sprach. „Es ist einer der Kerle von neulich nachts!"

Schritte näherten sich.

„Schnell!", wisperte Alexa eindringlich. „Tarnt euch!"

Eine Sekunde später waren alle Mädchen unsichtbar geworden.

Zwei Jungs tauchten zwischen den Bäumen auf. Es waren die beiden, die sich neulich darüber unterhalten hatten, wie wertvoll Bussardeier waren. Dave und Mark, dachte Lucy. Sie trugen Motorradklamotten und der kleinere von beiden, Mark, hatte einen Stock in der Hand.

Dave sah sich um. „Ganz schön unheimlich hier."

„Wir schnappen uns die Eier und dann nichts wie weg", meinte Mark grimmig.

Die Eier schnappen! Lucy blieb fast das Herz stehen vor Schreck.

„Was sollen wir nur tun?", ertönte Eves panisches Flüstern aus der Luft neben ihr.

„Eine von uns sollte Hilfe holen“, sagte Mara.

„Dazu haben wir keine Zeit“, zischte Lucy aufgeregt. Die beiden Jungs hatten den Baum beinahe erreicht.

„Sie werden die Eier klauen!“ Eve schien den Tränen nahe.

Denk nach!, befahl Lucy sich selbst. Doch es war zu spät. Mark kletterte bereits hinauf zum Nest.

Maja stieß einen ängstlichen Schrei aus und flatterte auf. Als Mark sich auf den letzten Zweig hochzog, schlug sie mit ihren Krallen nach ihm. Laut kreischend flog auch Willi auf den Jungen zu und hackte mit dem Schnabel nach ihm.

„Hau ab!“ Mark schwang drohend den Stock. Beide Bussarde flogen mit wildem Geschrei auf.

Lucy fühlte sich vollkommen hilflos. Alles passierte so schnell. Wenn sie doch nur Hilfe holen könnten! Aber dazu reichte die Zeit nicht. Mark griff ins Nest und holte eines der Eier heraus. Es glänzte im Sternenlicht. „Hier, Dave, nimm. Ich hole noch das andere.“ Mark reichte das erste Ei

an seinen Freund weiter. Während Dave nach unten kletterte, bedrohte Mark Willi wieder mit seinem Stock. „Verzieh dich!"

Er merkte jedoch nicht, dass in diesem Moment Maja von hinten angeschossen kam. Sie riss ihm ein Büschel Haare aus.

Mark jaulte auf und fuchtelte wild mit seinem Stock hin und her. Dabei erwischte er Majas ausgestreckten Flügel. Sie stieß einen Schmerzensschrei aus und trudelte zu Boden.

„Mark! Du hast sie verletzt!", japste Dave. „Du hast gesagt, wir würden ihnen nichts tun. Wir würden nur die Eier holen."

„Ich ... ich kann nichts dafür. Sie hat mich angegriffen!", stammelte Mark.

Willi kam angeschossen und attackierte den Jungen mit Klauen und Schnabel. Hastig trat Mark den Rückzug an, wobei er in der Eile halb vom Baum fiel. „Schnell! Weg von hier!"

Sie rannten los. Dave hielt das Ei in der Hand.

„Wir müssen unbedingt etwas tun!" Lucy wurde wieder sichtbar. Sie sah sich nach ihren Freundinnen um. Vor lauter Schreck hatten sie alle ihre Tarnung verloren. Eve weinte.

„Los, kommt! Wir können sie aufhalten, bevor sie ihr Motorrad erreichen“, sagte Alexa.

„Nein!“, protestierte Mara. „Das dürfen wir nicht. Zumindest nicht –“

„Mara!“, rief Alexa wütend. „Wie kannst du nur sagen, dass wir das nicht dürfen? Das hier ist ein Notfall! Machst du dir denn *gar* nichts aus den Eiern?“

„Natürlich tue ich das!“, protestierte Mara. „Ich versuche ja nur zu sagen, dass –“

„Vergiss es!“, unterbrach Alexa sie. „Ich werde jedenfalls dieses Ei zurückholen!“

Sie sauste in die Luft und hinter den Jungen her. Maras verletzter Gesichtsausdruck ließ Lucy einen Moment lang zögern, aber Alexa hatte Recht. Sie *mussten* das Vogelei retten! Schnell folgte sie Alexa. Aus dem Augenwinkel sah sie, wie Eve Mara einen entschuldigenden Blick zuwarf und dann ebenfalls losflog.

Zu dritt düsten sie zwischen den Bäumen hindurch. Vor ihnen auf dem Waldweg konnten sie die Jungs erkennen. Gleich würden sie die Lichtung erreichen, wo das Motorrad stand.

„Ich hab eine Idee!" Alexa flog noch schneller und war kurz darauf verschwunden.

„Was hat sie vor?", wollte Eve von Lucy wissen.

„Keine Ahnung." Bei Alexa war alles möglich!

Plötzlich krachte es und direkt vor den flüchtenden Jungs fiel ein großer Ast zu Boden.

„Alexa!", zischte Lucy. „Ich wette, das war sie!"

Mark und Dave versuchten noch, zu bremsen. Aber keine Chance. Der Ast fiel ihnen direkt vor die Füße und mit einem entsetzten Aufschrei stolperten sie darüber.

„Das Ei!", flüsterte Lucy panisch. „Gleich zerbricht es!" Starr vor Schreck sah sie zu, wie das Ei nach oben geschleudert wurde. Nun hatten sie zwar die Jungs aufgehalten, aber das Ei trotzdem nicht gerettet. Außer ...

„*Schutzschild*", flüsterte Lucy verzweifelt. Sie schloss die Augen und stellte sich blitzschnell das Sternbild des Löwen vor. „*Komm herbei!*"

Magie schien sie zu durchströmen, als sie die Augen wieder öffnete und auf das Ei zeigte. Es hatte den höchsten Punkt seiner Flugbahn überschritten und fiel nun Richtung Boden. Dort hüpfte es ein paar Mal auf, dann sah Lucy, wie es über die Böschung des Waldwegs kullerte.

„*Schutzschild, komm herbei! Schutzschild komm herbei!*“, flüsterte sie immer wieder, in der Hoffnung, dass das Ei sicher gelandet war.

„Das Ei, Dave! Du hast es fallen lassen!“, schimpfte Mark. „Du Idiot!“

„Dieser ... dieser Zweig kam wie aus dem Nichts!“, Dave starrte auf den Ast.

Mark spähte in den Graben. „Das Ei ist bestimmt zerbrochen. Ich sehe es jedenfalls nirgends.“

In diesem Moment sah Lucy Alexa neben sich auftauchen. Die Freundin war zwar immer noch getarnt, aber ihre Umrisse waren gegen den Nachthimmel zu erahnen. „Lucy?“

Auch Lucy lockerte ihre Tarnung ein wenig. „Hier bin ich!“, flüsterte sie.

„Ich auch“, kam es leise von Eve.

„Du warst das mit dem Ast, oder?“, wollte Lucy von Alexa wissen.

„Ja, aber ich habe nicht daran gedacht, dass Dave das Ei fallen lassen könnte“, zischte sie. „Ich habe gesehen, wie es aufgehüpft ist – hast du einen Schutzschild darum gezaubert?“

Lucy nickte.

„Oh, Lucy!“, meinte Alexa erleichtert. „Das war eine geniale Idee.“

„Ich weiß aber nicht, ob's funktioniert hat“, sagte Lucy.

„Die Jungs ziehen ab“, flüsterte Alexa und zeigte mit dem Kopf auf Mark und Dave, die den Waldweg entlangstolperten. Sie schienen sich zu zanken. „Komm, lasst uns nach dem Ei schauen.“

Lucy und Eve nickten. Lautlos flogen sie hinüber zum Graben, wo dichtes Gestrüpp die Böschung bedeckte. Aufmerksam suchten die Mädchen mit den Augen das Gebüsch ab. Plötzlich sah Lucy etwas Weißes durchschimmern.

„Da!“

Das Ei lag zwischen den Wurzeln eines Brombeerstrauches. Lucy flog nach unten und zog es heraus. „Es ist noch heil!“, juchzte sie.

„Oh, Lucy, gut gemacht!“ Eve umarmte ihre Freundin glücklich.

„Wir bringen es besser ins Nest zurück, bevor es auskühlt“, sagte Alexa.

„Aber wir sollten leise dabei sein“, warnte Eve. „Die Jungs sind immer noch da.“

Lucy verstaute das Ei sicher in der Tasche ihres Kleides und sie flogen wieder hinauf zwischen die Bäume. Dave und Mark befanden sich ein Stück weiter immer noch auf dem Waldweg. Lucy hielt die Luft an und umkreiste sie so leise wie möglich. Dabei hörte sie, wie Mark etwas sagte, das ihr das Blut in den Adern gefrieren ließ.

„Komm, wir schnappen uns das andere Ei.“

„Ich finde, wir sollten die ganze Sache vergessen." Dave sah sich nervös um. „Mir gefällt's hier nicht." Er duckte sich ruckartig. „Was war das? Da ist etwas über meinen Kopf geflogen. Ganz sicher. Vielleicht war es eine Fledermaus!" Panik lag in seiner Stimme.

„Hör auf rumzuspinnen", herrschte Mark ihn an. „Wir müssen zurück und das andere Ei holen. Denk an das Geld."

„Aber ..."

„Los jetzt!", befahl Mark. Es hob seinen Stock auf, der ihm beim Sturz über den Ast aus der Hand gefallen war. Dann marschierte er den Waldweg entlang. Dave zögerte einen Moment, bevor er seinem Freund hinterher rannte. Dabei sah er sich die ganze Zeit ängstlich um.

„Sie gehen zurück!" Lucy war außer sich. „Sie werden das andere Ei klauen!"

9

Lucy, Alexa und Eve flogen, so schnell sie nur konnten, zur Bussard-Lichtung zurück. Bald hatten sie die Jungs überholt.

„Was sollen wir bloß tun?“, jammerte Eve.

Im Geist spielte Lucy alle Möglichkeiten durch. „Du könntest Regen herbeizaubern, Eve. Das hält sie vielleicht auf.“

„Denen wird es nichts ausmachen, nass zu werden“, widersprach Alexa. „Feuer wäre besser.“

„Aber das ängstigt vielleicht die Vögel und bringt sie dazu, ihr Nest zu verlassen“, wandte Lucy ein. In diesem Moment erreichten sie die Lichtung.

Abrupt hielten alle drei im Flug inne. Sie trauten ihren Augen kaum.

„Wo *ist* das Nest?“, fragte Eve verwundert.

Lucy blinzelte. Das Nest war verschwunden!

Wo vorhin noch ein großer Haufen wirrer Ästchen und Zweige gewesen war, gab es nur noch einen leeren Ast mit grünen Blättern. Sie war vollkommen verwirrt. Was war da los?

In diesem Augenblick kamen auch die beiden Jungs auf die Lichtung gestolpert. Schnell huschten die drei Freundinnen nach oben zwischen die Baumwipfel. Sie hörten Mark sagen: „Ich halte die Vögel im Zaum. Du schnappst dir das Ei und dann nichts wie weg. Einverstanden?"

Dave starrte auf die Buche.

„Einverstanden?", wiederholte Mark.

„Äh, Mark?" Dave zeigte auf den Baum. „Wo ist das Nest?"

Mark sah hinüber zum leeren Ast und der Mund blieb ihm offen stehen. „Es ist nicht mehr da!" Er sah sich um. „Wir sind wohl zur falschen Lichtung gelaufen."

„Kann nicht sein", widersprach Dave.

„Na, aber Nester verschwinden nicht einfach so, oder?", meinte Mark.

Lucys Augen weiteten sich. Natürlich! Warum

war sie nicht gleich darauf gekommen? „Es ist Mara!“, zischte sie den anderen zu. „Ich wette, sie tarnt das Nest!“

Eve und Alexa waren einen Moment lang still. „Klar!“, flüsterte Eve dann. „Deshalb können wir es nicht sehen.“

„Natürlich“, stimmte auch Alexa zu. „Es ist immer noch da. Es sieht nur einfach anders aus.“

„Zumindest solange der Zauber anhält.“

„Wir müssen die Jungs vertreiben, bevor Maras Konzentration nachlässt“, sagte Eve schnell.

Lucy sah sich nach den Eierdieben um. Mark blickte immer noch völlig verdattert umher. Wie konnten sie ihn und Dave bloß loswerden?

Dave sah etwas ängstlich aus. „Komm schon, lass uns verschwinden. Mir ist’s hier zu unheimlich. Zweige, die aus dem Nichts herunterfallen, Nester, die verschwinden.“ Plötzlich duckte er sich wieder und fuchtelte mit den Armen über seinem Kopf herum, als würde er etwas verscheuchen. „Was war das? Da ist wieder etwas um meinen Kopf herumgeflogen.“ Er sah sich hektisch um.

„Wisst ihr was, ich glaube, Dave hat Angst vor Fledermäusen!", flüsterte Alexa plötzlich. „Wollen wir doch mal sehen!"

Sie schloss die Augen und murmelte etwas. Ein Ausdruck höchster Konzentration lag auf ihrem Gesicht.

„Genau!", zischte sie und öffnete die Augen. „Ich habe es gerade in seinem Herzen gesehen. Er hat höllische Angst vor Fledermäusen. Er glaubt, dass sie ihn angreifen und sich dann in seinem Haar verfangen." Sie sah Eve und Lucy an. „Das ist genial!"

„Ach ja?" Eve blickte verständnislos drein. „Warum?"

„Weil wir das ausnützen können, um ihn und Mark zu vertreiben. Wenn wir uns tarnen, können wir über sie hinwegfliegen und sie dabei an den Haaren ziehen. Sie werden glauben, wir sind Fledermäuse, und das Weite suchen. Auch wenn Mark nicht wirklich Angst vor ihnen hat, wird er garantiert nicht alleine hierbleiben."

Sie hatten keine Zeit zu verlieren. Lucy entschied sich blitzschnell. „Also los. So machen wir's!“

Im Bruchteil einer Sekunde hatten sie sich getarnt.

„Viel Glück!“, flüsterte Alexa. „Und lasst euch ja nicht sehen!“

Lucy spürte einen Luftzug und Alexa war verschwunden. Kurz darauf duckte Dave sich ruckartig und fasste sich an den Kopf. „Was war das?“ Er sah sich hektisch um. „Ich habe ganz deutlich etwas gespürt! Mark! Mark! Da fliegt etwas um mich herum!“ Er duckte sich erneut. „Da! Schon wieder!“, rief er und schlug wild um sich. „Bestimmt ist es eine Fledermaus.“

„Red keinen Quatsch!“, meinte Mark.

Lucy hätte schwören können, dass sie Alexas unterdrücktes Kichern hörte.

Sie grinste in sich hinein und sauste dann selber los, die Augen fest auf Marks kräftiges braunes Haar gerichtet. Im Sturzflug streckte sie die Hand aus und griff danach. Vor Schreck machte er einen riesigen Satz.

„Was zum ...!“, rief er.

Lucy flog einen Bogen und setzte dann zum erneuten Angriff an.

„Neiiin!“, heulte Mark und ließ den Stock fallen.

Lucy hatte an seinem Ohr gezogen.

„Was ist hier los?“ Panik lag in Marks Stimme. „Was geht hier vor?“

Die beiden Jungs fuchtelten wie wild mit den Armen herum.

„Es sind Fledermäuse!“, schrie Dave mit kreidebleichem Gesicht. „Sie greifen uns an!“

„Arghhh!“ Lucy, Alexa und Eve hatten sich gleichzeitig auf sie gestürzt.

„Los, weg hier, Dave!“, befahl Mark.

„*Lauf um dein Leben!*“, rief Dave.

Wie von Sinnen rasten sie zwischen den Bäumen hindurch, wobei sie immer wieder stolperten und strauchelten.

In kürzester Zeit waren sie nicht mehr zu sehen.

Lucy, Eve und Alexa enttarnten sich. Alexa lachte so sehr, dass ihr die Tränen über die Wangen liefen.

„Habt ihr gesehen, wie die sich gefürchtet haben?“, japste Lucy zwischen zwei Kicheranfällen.

„Sie haben sich fast in die Hose gemacht!“, lachte Eve.

Alexa machte Dave nach, indem sie mit den Händen herumwedelte. „Fledermäuse! Fledermäuse! Sie greifen mich an!“

Alle drei brachen wieder in Gelächter aus.

„Das war fantastisch! Gut gemacht!“ Lucy, Eve und Alexa drehten sich um. Hinter ihnen in der Luft schwebte Mara.

„Mara!“, quietschte Eve und flog zu ihrer Freundin hinüber, um sie erleichtert zu umarmen.

„Ist das Ei in Sicherheit?“, fragte Mara schnell.

„Ja.“ Lucy holte es vorsichtig aus ihrer Tasche. „Hier ist es.“ Sie flog hinüber. „Du hast mit deinen Zauberkräften das Nest getarnt. Stimmt's, Mara?“

Mara nickte. „Ich habe mir gedacht, dass die Jungs vielleicht zurückkommen.“ Sie warf Alexa einen vorwurfsvollen Blick zu. „Das war es, was ich sagen wollte, als ihr ihnen hinterhergeflogen seid. Ich wollte nicht sagen, dass wir sie nicht verfolgen sollen. Nur dass jemand hierbleiben und auf das zweite Ei aufpassen sollte.“

„Oh.“ Alexa war sichtlich verdutzt.

Lucy konnte in Maras Blick sehen, wie verletzt sie war.

„Die Vögel *sind* mir wichtig. Wirklich“, sagte Mara leise.

Alexa zögerte einen Moment, dann gab sie sich einen Ruck. „Oh, Mara! Es tut mir so leid!“ Mit diesen Worten umarmte sie die Freundin fest.

„Ich hätte nicht sagen dürfen, dass du dir nichts aus den Vögeln machst. Wenn du nicht hiergeblieben wärst, hätten die Jungs das zweite Ei bekommen. Du warst fantastisch! Können wir wieder Freundinnen sein? Es tut mir wirklich leid, dass wir uns gestritten haben und dass ich dich eine Langweilerin genannt habe. Ich hab's nicht so gemeint. Du bist nicht langweilig, nur vernünftig – viel vernünftiger als ich. Wenn du nicht gewesen wärst, hätte nicht nur *ein* Mädchen Eve

gesehen, sondern alle der Teenager. Und das Ei wäre gestohlen worden."

„Schon möglich, aber du hast das erste Ei zurückgeholt und du hast die Jungs vertrieben", entgegnete Mara. „Es war eine geniale Idee, Daves Gedanken zu lesen."

„Ich würde sagen, wir haben *alle* unsere Zauberkräfte genutzt", sagte Alexa.

„Ich nicht", widersprach Eve leise. „Du und Lucy und Mara, ihr habt alle eure Zauberkräfte verwendet, aber ich habe gar nichts gemacht. Ich war überhaupt nicht nützlich."

„Aber du kannst es jetzt sein", meinte Mara sanft. „Meinst du, du kannst deine Heilkräfte einsetzen? Maja ist verletzt. Um sie vor den Jungs zu schützen, habe ich sie dort drüben hinter den Busch gebettet. Aber sie braucht Hilfe. Ich habe versucht, mich, so gut es geht, um sie zu kümmern, doch ich glaube, ihr Flügel ist vielleicht gebrochen. Schaut es euch selber an."

„Zuerst sollten wir das Ei zurückbringen", sagte Lucy.

Die anderen nickten und sie flogen hinüber zum Nest.

Willi sah ihnen ängstlich entgegen. Als Lucy das Ei zurück an seinen Platz legte, klapperte er mit dem Schnabel und schlug unglücklich mit den Flügeln.

„Er ist völlig verstört", meinte Mara. „Die ganze Zeit hüpft er abwechselnd auf dem Zweig hin und her oder fliegt hinunter zu Maja und wieder zurück."

„Wo ist denn Maja nun?", wollte Alexa wissen.

„Dort drüben." Mara führte sie zu einem Haselstrauch ganz am Rand der Lichtung. „Hier."

Maja lag am Boden. Einer ihrer Flügel stand in einem seltsamen Winkel ab und ihre hellen Augen waren trüb vor Schmerzen.

Lucy biss sich auf die Lippe. Maja sah gar nicht gut aus. „Meinst du, du kannst ihr helfen?", fragte sie Eve ängstlich.

Eve schluckte. „Ich werde es versuchen."

10

Eve ging hinüber zu dem Bussardweibchen. Maja zuckte aufgeregt mit dem Kopf. „Ganz ruhig", flüsterte Eve und kniete sich neben sie.

Maja beobachtete sie argwöhnisch.

„Meinst du, du kannst sie wieder gesund machen?", fragte Alexa leise.

„Ich weiß es nicht", antwortete Eve. „Ich habe noch nie einen Knochen geheilt." Sie streckte die Hände nach Majas verletztem Flügel aus.

„Sei vorsichtig!", warnte Mara.

Eve bewegte sich ganz langsam. „Alles in Ordnung", murmelte sie, die Augen fest auf den Vogel gerichtet. Ganz sanft legte sie die Hand auf Majas Flügel. „Ich sorge dafür, dass es dir besser geht." Sie schloss die Augen. „*Heilkraft, komm herbei!*"

Lucy hielt den Atem an.

Eine Weile war alles ganz still.

„Sieh nur!“, flüsterte Mara und zeigte auf den Vogel.

Lucy sah genauer hin. Der Schmerz schien langsam aus Majas Augen zu weichen. Das Bussardweibchen hob den Kopf und sah auf seinen Flügel.

Eve öffnete die Augen und zog ihre Hand zurück.

Maja schlug mit dem Flügel. Er bewegte sich einwandfrei auf und ab.

„Eve, du hast es geschafft!“, flüsterte Lucy. „Du hast sie geheilt.“

Maja reckte sich. Die braun-grauen Federn schillerten und glänzten im Sternenlicht. Sie machte einen vorsichtigen Schritt, schlug mit den Flügeln und im nächsten Moment hatte sie schon abgehoben.

Die vier Mädchen beobachteten gebannt, wie der majestätische Vogel in einem großen Bogen durch den Nachthimmel flog und schließlich die Buche ansteuerte.

Mit einem begeisterten Krächzen flog Willi ihr

entgegen. Die beiden Bussarde umkreisten sich und landeten dann beim Nest.

Als sie sich niederließen, rieben sie sanft die Schnäbel aneinander.

Lucy hatte das Gefühl, als würde ihr eine schwere Last von den Schultern fallen. Sie drehte sich zu den andern um und sah an deren Gesichtern, dass es ihnen genauso ging. „Wir haben es geschafft!“, lächelte sie. „Wir haben sie beschützt. Und ihre Eier.“

„Aber ganz knapp“, meinte Alexa.

„Was für ein Glück, dass wir alle hier waren, oder?“, bemerkte Eve. „Wenn wir nur zu zweit gewesen wären, hätten wir die Jungs niemals aufhalten können."

Lucy erschauderte. Das war ein schrecklicher Gedanke, aber Eve hatte Recht. Zwei von ihnen allein, wie sie und Alexa zum Beispiel, hätten keine Chance gehabt. Ihren Freundinnen war anzumerken, dass sie das Gleiche dachten.

„Wir dürfen uns *nie* wieder streiten", sagte Mara.

„Wir sind so viel stärker, wenn wir zusammenarbeiten", ergänzte Eve.

„Das hat Xanthe mir und Alexa gestern auch erklärt", erzählte Lucy ihnen. „Sie sagte, die Unterschiede zwischen uns seien gut, und dass wir uns deswegen nicht streiten sollten. Sie hatte Recht. Mara, du hast es geschafft, das zweite Ei zu retten. Und zwar weil du vernünftig warst und erkannt hast, dass jemand dableiben muss. Andererseits hätten wir das erste Ei nicht zurückbekommen, wenn Alexa nicht den Jungs nachgejagt wäre."

Mara nickte. „Stimmt. Wir haben jede andere

Stärken. Ich bin vernünftig. Alexa hat tolle Ideen. Eve merkt sofort, wenn jemand traurig ist oder es jemand nicht gut geht. Und du, Lucy, bist wirklich mutig. Außerdem kannst du gut organisieren und sorgst dafür, dass Dinge erledigt werden. Mir scheint, wir arbeiten wirklich am besten als Team."

„Also lasst uns *immer* zusammenarbeiten", meinte Lucy. „Versprochen?" Sie sah ihre Freundinnen an.

„Versprochen!", sagten alle und umarmten sich feierlich.

Als sie sich wieder losließen, warf Lucy einen Blick hinauf zum Bussardnest. Maja schlug mit den Flügeln und Willi hüpfte den Ast entlang. Sie wirkten sehr rastlos.

„Ich hoffe, die Vögel entspannen sich bald wieder", sagte sie.

„Stimmt", pflichtete Mara ihr bei. „Das ganze Theater heute Nacht muss sie ziemlich beunruhigt haben."

Eine steile Falte erschien mitten auf Alexas Stirn. „Glaubt ihr, dass sie das Nest verlassen werden? Manchmal, wenn brütende Vögel zu sehr gestört werden, dann lassen sie ihre Eier zurück."

Neue Sorge erfüllte Lucy. Nach allem, was passiert war, konnte sie den Gedanken nicht ertragen, dass die Bussarde vielleicht ihr Nest verlassen würden. „Ich wünschte, wir könnten ihnen irgendwie sagen, dass sie jetzt in Sicherheit sind. Dass die Jungs nicht mehr zurückkommen werden."

„Ich weiß", stimmte Mara ihr zu. „Aber es gibt nichts mehr, was wir tun können."

In diesem Moment kam eine weitere Sternenstaub-Elfe auf die Lichtung geflogen. „Xanthe!", rief Eve.

„Ist bei euch alles in Ordnung?", erkundigte Xanthe sich, als sie neben den Mädchen landete. „Ich habe gesehen, wie ein Motorrad aus dem Wald gebraust kam. Es schien aus dieser Richtung zu kommen. Da dachte ich, ich schaue besser mal nach, ob es euch und den Vögeln gut geht."

„Jetzt schon", antwortete Alexa. „Jedenfalls hoffen wir es", fügte sie mit einem besorgten Blick zum Nest hinzu.

„Was ist denn passiert?“, wollte Xanthe wissen.

Die Mädchen berichteten ihr schnell.

„Also habt ihr die Eier gerettet, indem ihr alle vier eure Zauberkräfte benutzt habt?“, rief Xanthe aus. „Gut gemacht! Natürlich“, fügte sie hastig hinzu, „hättet ihr in der Nähe der Jungs keine Magie verwenden dürfen. Dazu fehlt euch noch die Erfahrung, aber“, sie lächelte erleichtert, „ich bin froh, dass ihr’s getan habt.“

„Nur machen wir uns jetzt Sorgen um die Vögel“, sagte Lucy. „Sie wirken sehr aufgeregt.“

„Glaubst du, sie werden ihr Nest verlassen?“, fragte Alexa ihre Mutter. „Vielleicht denken sie, dass die Jungs zurückkommen.“

Xanthe betrachtete die Vögel. „Keine Sorge, ich kümmere mich darum“, sagte sie. „Ihr könnt zuschauen, wenn ihr wollt.“

Sie flog in Richtung Buche.

Lucy und die anderen warfen sich verwunderte Blicke zu und folgten ihr dann schnell.

Die Bussarde beäugten Xanthe misstrauisch, als sie sich dem Nest näherte. Maja hüpfte vom

Nest und kauerte sich neben Willi auf den Ast. In etwa einem Meter Entfernung hielt Xanthe an, und begann, beruhigend zu murmeln. Die Vögel ließen sie die ganze Zeit nicht aus den Augen. Xanthe flog noch ein Stück näher heran und legte jedem Vogel eine Hand auf den Kopf. Lucy sah, wie beide Tiere sich versteiften.

Sie konnten nicht hören, was Xanthe sagte, aber die Vögel schienen sie zu verstehen. Während sie sprach, wich die Verkrampfung aus ihren Körpern. Sie entspannten sich und ihre Augen verloren den gehetzten Ausdruck.

Maja krächzte leise. Dann bog sie den Kopf, um ihre Wange an Xanthes Hand zu reiben. Willi schlug mit den Flügeln und nickte.

Xanthe zog sich zurück. „Bleibt und seid glücklich“, sagte sie sanft. Sie flog wieder zu den Mädchen. „Es wird ihnen gut gehen“, versprach sie.

„Was hast du gemacht?“, wollte Alexa wissen.

„Es war, als hättest du mit ihnen gesprochen“, sagte Lucy.

„Das habe ich auch.“

Die vier jungen Sternenstaub-Elfen starrten sie an.

„Sie konnten dich richtig verstehen?“, fragte Mara.

Xanthe nickte. „Ich habe ihnen gesagt, dass die Jungs weg sind. Und dass sie nicht weiter gestört werden. Ich habe ihnen versprochen, dass wir eine Dornenhecke um ihren Baum wachsen lassen. Dann sind sie geschützt.“

„Aber wie konntest du mit ihnen sprechen? Ich dachte, niemand kann mit den Tieren sprechen“, hakte Eve nach.

„Es ist eine besondere Art der Sternenstaub-Magie“, antwortete Xanthe.

„Können wir sie lernen?“, fragte Lucy. Mit Tieren zu sprechen klang so aufregend!

„Vielleicht eines Tages“, lautete Xanthes Antwort. „Aber man braucht eine Menge Macht, um direkt mit den Tieren zu kommunizieren. Das können nur wenige Sternenstaub-Elfen. Ihr müsst noch viel lernen, bevor ihr diese Art Magie benutzen könnt. Allerdings“, sie lächelte die jungen Elfen an, „habt ihr es schon ziemlich weit gebracht. Heute habt ihr richtig gut in einem Team gearbeitet und die wichtigste Sternenstaub-Lektion überhaupt gelernt: Nur gemeinsam seid ihr stark."

Sie sah die Mädchen aufmerksam an und ihre Stimme wurde plötzlich ernst. „Die größte Gefahr lauert, wenn Sternenstaub-Elfen alleine arbeiten. Dann passiert es viel zu schnell, dass man süchtig nach Macht wird. Doch auf diesem Weg droht die Dunkelheit." Einen Moment lang schien Xanthes Blick auf Lucy zu verweilen und Lucy hatte das seltsame Gefühl, dass sie direkt zu ihr sprach. Doch dann wanderten ihre Augen weiter. „Ich hoffe, dass keine von euch je vergessen wird, was ihr heute gelernt habt", sagte sie zu allen.

Sie schüttelten die Köpfe. Da hörten sie plötzlich ein leises, klopfendes Geräusch.

„Was ist das?" Alexa runzelte die Stirn.

Auch Xanthe schien einen Moment lang verwirrt. „Es klingt, als ob –" Sie brach ab. „Aber natürlich! Die Bussardküken schlüpfen!"

Die ernste Stimmung war im Nu verflogen.

Xanthe nickte und alle fünf flogen hinauf zum Nest.

Die Eier waren von feinen Rissen durchzogen und die Mädchen beobachteten, wie sich ein Schnabel durch die Schale des einen Eis bohrte. Das Küken im Innern begann, ein Loch hineinzumeißeln.

Gebannt sah Lucy zu, wie das Loch immer größer wurde und das Ei schließlich zerbrach. Ein kleines, zerrupftes, weißes Vogeljunges saß im Nest und schaute sich mit glänzenden, dunklen Augen verwundert um.

„Tschiep!", machte es.

Es sah so komisch aus, dass die Mädchen lachen mussten.

„Ist es nicht süß!", strahlte Lucy.

„Das andere schlüpft auch gerade!" Alexa griff nach ihrem Arm. „Schau nur!"

Bald hockten zwei Küken im Nest. Ihre feuchten Federn trockneten und wurden flauschig weiß. Auf dem Rand des Nestes saß Maja und rieb ihnen mit dem Schnabel vorsichtig über den

Kopf. Willi beobachtete das Ganze mit wichtiger Miene vom Ast aus.

„Ich kann nicht fassen, dass sie heil geschlüpft sind“, sagte Eve glücklich. „Ist das nicht wunderbar?“

„Ganz wunderbar!“, stimmte Xanthe ihr zu. Sie legte Lucy und Alexa die Arme um die Schultern. „Und das verdanken wir nur euch vieren. Ihr habt sie gerettet.“

Die Freundinnen grinsten sich an. „Gemeinsam“, sagten sie im Chor.